月光落在过道上

阿微木依萝——著

黄山书社

图书在版编目(CIP)数据

月光落在过道上 / 阿微木依萝著. — 合肥 : 黄山书社,2020.12

(原乡人书系)

ISBN 978-7-5461-8862-1

Ⅰ.①月… Ⅱ.①阿… Ⅲ.①散文集—中国—当代 Ⅳ.①I267

中国版本图书馆 CIP 数据核字(2019)第 301196 号

月光落在过道上

YUEGUANG LUOZAI GUODAO SHANG

阿微木依萝 著

出品人 贾兴权
策　划 张月阳
责任编辑 张月阳
插　图 马　叙
装帧设计 私书坊_刘　俊　张俊香
出版发行 时代出版传媒股份有限公司(http://www.press-mart.com)
黄山书社(http://www.hspress.cn)
地址邮编 安徽省合肥市蜀山区翡翠路 1118 号出版传媒广场 7 层　230071
印　刷 安徽联众印刷有限公司
版　次 2021 年 2 月第 1 版
印　次 2021 年 2 月第 1 次印刷
开　本 880mm×1230mm　1/32
字　数 140 千字
印　张 7
书　号 978-7-5461-8862-1
定　价 42.00 元

服务热线 0551-63533706
销售热线 0551-63533768
官方直营书店(https://hsss.tmall.com)

目录

采玉者

尔嘎十七岁（我决定不告诉你他的真名），亚高原出生的肤质，使他差不多可以长成一个黑美的小伙子——我是说，假如他的眼睛不生病，看东西清楚并且是一对双眼皮美目，他可以初中辍学之后找到满意的工作，那样的尔嘎绝对不为生计所愁，他的长发飘在风中所映衬的那张脸，肯定给人黑美的感受。

你知道了，尔嘎是半瞎的人，他看东西模糊不明。

说来我已十年不见他，这位小青年的十七岁样貌在没有见到本人之前，我的想象中他是黑美的，是戴着左耳环和骑在一匹棕色马背上随时准备参加选美大赛的。

现在你可以确信，我已见到他。然而我不能保证这个人与早些时候一样好相处，他长大了，十年中我们的生活没有任何交集，天知道他有没有干过坏事，也或者因为眼睛看不清而成了极其虔诚的信徒。我断定跟他没什么共同语言，却又想见一面。

为了能在见面的时候找到一点共同的话题，我自然要加深记忆，回想这个人的从前。他母亲离家出走是万不能说，他父亲早亡更不能说，那么还有什么可说呢？我不知道。

然而见面的事情一点没有耽搁，是个下午，他从路那边突然走出来站在我眼前。十年不见，还是可以认出。由于见面仓促没有准备礼物，只好厚着脸皮走过去拿出做长辈的架子，高端端地喊了一声“尔嘎”。

“大姑。”他也喊我。他必须这么喊我。这称呼不代表我们是亲戚，但一个村的人都愿意攀亲带故。

“我的小侄儿，你都长这么高了。”我带出这份夸张又生硬的热情。

事实上他并没有长多高。

他站在风口上，身后的山包是枯黄的一片杂草，我的话在风声里小得听不见。他做出一个想听清楚的动作，而我却突然没了复述一遍的兴致。我们站的地方称为“干梁子”，十年了，风似乎还是十年前的风，吹起来没完没了，永远夹杂着山包上枯草和黄泥巴的味道，而这个地方没有树，只有灰尘和飞在风中的破胶纸。

我想到他的父亲。那个早亡人当年最爱领着尔嘎坐在风口上吹风。他是个喜欢吹大风的人。大风来的时候他甚至会张开双手嘶吼，像个疯子又像个人形的老鹰。由于他这些举动至今不能从我的脑海消除，我便以为这个人没有死，只是飞走了。他走之后肯定不能随便回来，所以这些年等在风口上的尔嘎从来没有机会再见他的父亲。我猜测并且肯定他是在等待父亲，或者，至少是在这儿，他会觉得自己是个有父亲的人。想到这些，我就没有勇气将他从风口处喊下来。

“风大。”

我走过去与他并肩坐着。

“风大。”

他扭头看我，回了句同样的话。

我们说完这句话便沉默不言。他望着自己的脚尖，又时不时看向峡沟里卧着的集镇。

如果我说，他像一块黑色的石头，经过雕琢可以成为一块美玉，你当然不信。坐在风口上的人发质干燥，皮肤开裂，笑起来牙齿昏黄嘴唇扯出血丝，喉咙里嘶嘶地冒不出话，这些都不具备雕琢成为美玉的条件。他的旧房子在风口的转弯处，年迈的爷爷奶奶一有闲工夫就张嘴“捉捉捉”的唤鸡，这些都无法让他跳脱出来成为一块美玉。他生来就是他父亲那样的人，掉在闲杂的旋涡中不可分身，这样的人飞走了又会以别的方式回归，是命运般的被牵扯的风筝。

但我又觉得，他不是个喜欢吹大风的人。我在他的神色中捕捉到厌弃和不甘，挣扎和苦闷，他虽然站在风口假装很舒坦很平静，其实脚尖总是踮起来，是那种随时都可能跳开风口的站姿。于是我大着胆子跟他说，你可以将房子拢一拢，不要搞得整个山坡都像是你家的房子。你父亲是那样一个没有规划的人，他恨不得这个山都是他的，房子修得像蘑菇，这里一朵那里一朵。你应该修一座你喜欢的房子，稳稳地聚合起来，让它的气味和你相投。

这位少年并没有如我想象那样来一番动情的对话，而是反手从身后的裤包中抽出一罐杂牌酒，揭开就是一大口。我闻到一股浓烈的酒精味道。

“这才是和我相投的。”我猜他想这么回答，又不便开口。

之后他回到蘑菇屋抱出几个烧好的洋芋，这算是今天的晚饭。我们坐在风口处，和一条活蹦乱跳的瘦狗一起享用晚饭，风沙就在头顶盘旋，破胶纸就在头顶盘旋。

尔嘎说，如果干梁子有水就更好了，这儿晚上的月亮大得吓死人。

他像是带着一种期盼和愿望在说。喝了酒的人很难关闭心事。

干梁子肯定不会有水。掘地三尺也不会有。月亮再大也不会有。这儿的水从另外的山坡引来，浑突突还带着一股牲畜踩踏的气味。而选择这样的环境安家落户，你不得不说，那个喜欢吹大风的人一定在某一天突然疯了，才会抛弃他原先生活条件不错的老家。

然而我所想的未必就是尔嘎真正的心思。他也许很爱这个地方，之前我所看见的踮高的脚尖，搞不好只是一种飞翔的姿势，或者，他父亲张开双臂在这儿呼喊的时候就是这样的站姿。这是遗传性的，不能改变。

那么接下来我最好走开，让这颗石头在风口上尽量模仿他的父亲。他现在晕乎乎的，用方言重复着听不懂的酒话。我坐在这儿完全是多余的。我们的见面根本不必要。世界上的人，谁都没有必要天天窝在一起，谁十年不见谁，都应该感到庆幸——你终于可以不用活在别人的眼皮底下。

这太可怕了。我把自己丢进了死胡同。这场见面说到头是我要坚持的。至于尔嘎，他突然出现在眼前只不过是一种难以逃开别人眼皮的宿命。他是被我的好奇心牵到这儿来了，我仿佛听到什么人在高喊：

——如今蹲在风口处的他醉醺醺多么可悲。

——如今蹲在风口处的她眼睁睁看他的可悲。

——如今谁都帮不了谁却愿意窝在一起吹大风。

——那些风口上的灰尘和破胶纸啊，它们窝囊囊地飞走了。

我猛然从尔嘎旁边站起来。我说，就当我是陌生人，你就在这儿过你的日子吧，不用改变你父亲遗传给你的吹大风的习惯。

他也猛然站起来——我不确定是他自己站起来的还是风把他吹起来的——说，我早就看出来，你和其他人一样把我当成风口上不成器的石头，你们看到我父亲留下的那些别扭的房子——是啦，你说的这里一朵那里一朵的蘑菇——很不舒服，他把穷困潦倒像黄沙一样泼在这儿，搞得风口上的半空中全是破胶纸和灰尘，你可能还闻到了我父亲留下的房子中飘来的霉臭味。很不幸，你还得看着他儿子紧跟他的脚步喝酒、吹大风、口出狂言，你们都替我操心，三天两头打探我过得怎么样，有没有走上与我父亲不一样的道路，甚至分别十年，你们也会想方设法陪我蹲在大风口看看有什么大的变化。现在你看到了，我与十年前没什么两样。这儿缺水，只有干巴巴的大月亮，只有干巴巴卧在这儿看大月亮的石头!

我听了他的话很激动，一把将他推到风口的下方。

“大姑。”尔嘎站稳后吃惊地喊了我一声。我这才意识到先前走了心神，我仅仅是陷入一场幻想。

“我们刚才聊了很多。”我要掩饰点什么。

“啥？不记得了。”这是最好的回答，他喝多了嘛。

山下集镇上的灯火亮起来，尔嘎的那些散落的蘑菇屋也燃起微弱的烛火。由于他的房子分散，此刻蘑菇屋只有爷爷奶奶，他们无法将每一朵灯火都点亮。

夜色完全盖下来，谁都不想说话。但是我可以感觉身边少年的眼睛在望着山那边的路。那条路通向市区，通向市区之外的各个地方。

如果我说，今天晚上我们就出发，去流浪，去发疯，我敢保证他会跳起来举双手赞成然后又坐下去，他会给出这样的理由：我不是为自己活，我生来就背负了责任，我父亲的房子和他年迈的老父母，还有那些散落的蘑菇屋等着我回去。我的怂恿注定要毫无疑问地失败，这种事情放在哪儿都一样结果：天黑了淹没肉身，胆子会膨胀得跳出来，然而它无法见光，天不亮跑出去，天亮时哪儿来又回到哪儿去。如此反复，如此不自由。

“你该出去找点事情做，不要蹲在风口上，你的眼睛一定是风吹坏的。”我说。

“你信不信，我是个非常厉害的采玉的人——那种玛瑙石，听说过它是怎样挖掘的吗？明天晚上你来找我，我带你去长长见识。”尔嘎很得意。

为什么采玉要选在晚上呢？晚上看得清什么？但这个事情对我有疯狂的吸引力。于是这天晚上的梦全都跟采玉有关。

第二天晚上我们出发了。尔嘎准备了手电筒、水、饼干，还有一只破边碗，乱糟糟地搅在一只蛇皮口袋里。他戴了一顶旧毡帽，走在前边像个落魄的……打鱼的？……不，要饭的。这身装扮的好处就是，让一辆小四轮车的主人大发善心，将我们一直载到那个传说中藏了许多宝贝的山脚下。余下的山路差不多要走三个小时。

他作为领路人毫不客气地走在我的前面。这个时候我只好一步一步踩在他的脚迹窝上。我感觉这个晚上他不是去采玉，而是专门为了领我走一截上坡路。这个地方潮湿险陡，走在前面的人就像踩在后面人的眼皮上。

“我想走前面。”我试探着说。

“这种路你走不惯，到处都是悬崖和树刺，必须要我这样熟路的人带领。”他又给我展现了得意的脸子。

我发现一点变化，这个少年坐在风口处和走在采玉的路上，完全不像同一个人。他坐在那儿是个年轻的有点心理负担的人，走在路上却爆发了流浪汉的潇洒。这条看上去黑黢黢的山路对我来说有几分可怕，说不定哪儿藏着一眼地洞，恰好等到我们的双脚踩下去，那可完蛋了。自从我离开山区到别的平坦的地方生活，近二十年没有走这么险陡的夜路，我原先走路脚趾内扣，能稳稳地抓住地面和随时绕开割人的石子，而现在我的脚趾可耻地失去了这种功能，由于在别处长期走着平坦舒服的路，它们放松地抬着脑袋恨不得拱开我的鞋子——“去流浪，去发疯！”我差不多要听见这样的口号从它们那儿爆发。我伸手抹了一把汗，不知道这是汗水还是露水——这时候一股凉意蹿来，反正这儿的秋天冷起来很要命——两三颗星子洒在我们上空，昏沉沉的月光根本照不明地面，我感觉危险就藏在暗处，它可能正带着不必掩饰的夸张笑脸，等着我自投罗网。谁让我是一个走了和父亲不一样道路的人呢？现在我不得不将这种难走的路归罪于当初的选择。而父亲对这种夜路的熟悉就像对人生一样清醒，他绝对不会掉入陷阱，也不会走一丁点弯路。

眼下我确实有点后悔，但不是无药可救的后悔。我心里还有一点“去流浪，去发疯”的狂欢。

“走快点。”他催我。

“你走上坡路真厉害。”我想表扬他，又累得说不出话。

尔嘎越走越快。我得承认，他在这条路上走起来真带劲，简直可以这么说：一个人适合走什么样的路完全看他的脚劲。

好啊，来了一段下坡路。

我喜欢走下坡路，它不使人费力，不会让我累得像狗一样哈哈喘气。我自然地超过他，并且，我看到天边薄薄地亮开一道口子，过一会儿那里就会拱出一枚新鲜的太阳，我似乎已提前闻到了路那边顺着阳光而来的花香。

“走快点。”我催他。

尔嘎走下坡路简直太慢，甚至好像根本不是在走，是用拖拖拉拉的两条腿在地上挪。

“你的狗腿子才十七岁，走那么慢！”我忍不住抱怨。

“这种路我根本不需要走多快。”他指了指天边，“天都要亮了，急什么！”

他的语气带着挑衅的味道，走得慢，体力保持完好，更可悲的是，我走得越快他就显得越高，他又像先前那样踩在我的眼皮子上了。好在这种险些干架的局面快速得到化解。天亮了，我们来到了采玉的地点，从晨雾中时不时钻出几个孩子，他们可能刚刚吃完一盒泡面，手里端着的泡面盒子里的石头上还沾着几根面条。我这样说一定把你绕晕了。天知道我要怎么才能形容这些邋遢的孩子。他们抱着宝贝从我身边走过，丢给我的眼神充满防备和嫌弃，我深知这种眼神下的暗语，他们肯定在说，又来一个抢生意的！

我只好躲躲闪闪地退到尔嘎身后。

“不要怕，我们经常为了一颗石头干架，这些人！我们要装着是本地人，和他们一路的。”最后这句话他说得很小声。

我们挨着那些密密匝匝的地洞走，尔嘎说，要找到一个没有人的地洞，用最快的速度找到有价值的石头。也就是说，用最快的速度找到有价值的石头，偷走。因为这些地洞都是本地人挖出来的，外地人没有开采的权利和机会。

“宝贝长在人家地里，又不长在我家风口上。有什么办法？”尔嘎说。

做贼心虚，我一边走一边拿眼睛四处观察，任何一个孩子只要把屁股扭向这边，我就觉得他要跑去喊人。地洞里也总是挤满了人，一张张黑乎乎的脸，眼里除了石头——不，不是石头，是玛瑙——没有别的。当然，也不是说他们看不见我们从地洞上边经过，走路总难免要弄出响声，尤其踩在一颗一颗石子上，那就更引人注意——万一你踩坏了价值连城的宝贝可怎么办？所以这些人一看见我和尔嘎从地洞上边走过，就在那儿大喊，瞎子！走路要带眼睛！

尔嘎因为眼睛看不清东西，有好几次都掉进洞里，又被那些人合力丢了上来。我奇怪的是他每次掉下去都能顺势抓到一块石头。而这里到处都是地洞，它们像伤口又像吃人的嘴巴。

我趴在洞口边等尔嘎从地洞里出来。我们已经找到一眼暂时没有主人来开挖的地洞。也可能根本没有主人，它是野猪拱出来或者天生就存在。

这时候我又看见那些孩子端着泡面盒子朝我们走来。我有点害怕，天知道我为什么要怕这些毛孩子，他们破烂的衣衫糊满泥巴，有的人甚至把纽扣弄丢，有的干脆打着光脚，戴一顶旧毡帽（难怪尔嘎要戴一顶帽子，那看上去和他们很像)。

你们干什么?我说。我必须要抢占上风,在他们还没有问我是从哪儿冒出来之前。

谁知道他们根本不理我,看不见我一样,将盒子抱紧,从衣兜里摸出一根辣条若无其事地吃起来。有人还掏出一架断了一边翅膀的小飞机,用嘴巴“嗡嗡”地飞着。

尔嘎一无所获,他从地洞里伸出脑袋对我说,要不,去抢一颗?

我望着那些正在享受辣条和开飞机的孩子,不知道怎么下手。他们小得像麻雀而我是个小偷,如果我要夺走他们手里的任何一颗石子,那谁都无法阻止。我感到心虚。但我也不是特别内疚,当我听到地洞里他们的父母咔哒咔哒敲石头,然后用那种吓人的粗嗓门喊:“砍脑壳的娃儿,还不给老子过来帮忙!”就觉得我和地洞里的那些人一样,不好不坏。

不过,这也不能完全怪地洞里的人。就像没有人怪尔嘎假冒本地人混进洞子探宝。这并不是说,他们愿意把孩子们的童年像敲石头一样捣碎,而是,他们必须要让孩子们知道,这儿到处都是石头、悬崖、黑土地、牛屎马粪和火辣辣的太阳,在这种天色下玩游戏也不尽兴。

“你去。”我只好把这个棘手的难题推给他。

尔嘎用鼻子“哼”了一声,站着不动。我猜他也不好下手。毕竟我们两个站在他们中间实在太高,简直就像上帝一样,毫不费力眼皮垂下去,这些人就在我们的眼皮子底下了。不过这种高度看人的坏处在于:容易眼酸,容易因眼酸而冒出眼泪。孩子们当然不会在意这种意外的眼泪，尔嘎说，他们的父母在地洞里眼酸得比我们现在还厉害，要一直扛着眼睛盯着石头，只要有人肯下去查探，那张扭过来看你的脸不是血红就是满眼的泪水，并且还有点意外的呆滞——因为你出现得过于突然吓到他了——以及先前某个时候找到一颗精品玛瑙原石的喜悦，它绝对不会还有别的心情表现给你，“吃饭了吗？”这种无聊的问候简直多余。

我不知道这个地界属于哪个县，尔嘎一会儿说“跑马”，一会儿说“美姑”，一会儿说随便什么地方吧。反正走了那么远，我又没什么方向感，他怎么说都可以。

“凉山凉不凉？”他突然问我。

“凉个啥，这几年变得很热。”我用两根手指扯起后背上沾着汗水的衣服。

这个时候我们已经找了个背阴的地方歇凉。外省来买石料的老板沿着洞子走来走去，用蹩脚的杂牌彝汉双语跟本地人谈生意。由于来这儿买石料的大多是中原人，本地孩子们现在正摇着脑袋跟他们交谈：“恁说滴不中，再添点儿。”他们已经不吃辣条和开飞机，而是抱着那些盒子蹲在洞门口，满头的汗水和泥巴，鼻子也没有完全擦干净，就投入成年人的买卖当中。

我觉得这个时候尔嘎应该去碰碰运气，像那些孩子一样蹲在洞门口，掏出他刚才捡到的原石，说不定一颗石头就可以改变他的命运。但是尔嘎坚持不去。他蹲在我旁边打起了瞌睡。

不成器的。我有点生气，难道走这么远的路就是为了捡几颗石头坐在凉地上打瞌睡吗？

“晚上再碰碰运气吧，我刚才捡的都是废料，不值钱。”

然而，我又改变了主意并且庆幸他没有去那儿卖石头。因为我发现，那些卖石头的孩子蹲得太矮，周围又没什么遮阴的树木，阳光直射在他们黑乎乎的脑门上，使汗水成线地淌进眼睛，以尔嘎这种昨天喝了不少酒的体质，坐那么矮又遭太阳烤晒和汗水冲击，肯定要当场昏倒。

整个白天我们没有吃多少东西，尔嘎吃得更少，他拍着“硿硿”响的肚皮说，熬吧，熬到晚上就好了。

晚上来了。晚上的月亮也来了。

我们偷偷跑到没有人看守的洞口，尔嘎走夜路比白天有太阳的时候走得稳而快。我觉得他的眼睛不像是生了什么病，它只是受不了白天阳光的强度，而习惯了夜间的月光。接下来的行为让我不能不相信他辍学之前从学校跑到风口上看月亮。这不是文艺青年的行为吗？正巧我是有望月情结的人，我眼里的月亮会变出很多东西：石门坎的仙人掌，院坝里的石榴树，我父母亲手栽的芭蕉树和竹子。这些都是隔远了才会被月亮照出来。而现在月亮就在凉山，我也在凉山，这种时候月亮的光芒对我起不了作用。我还不具备看它的心情。

尔嘎却坐在洞口不走了。

他的样子像只天狗。我是说，他脖子伸得长长的，再伸长一点月亮就会被他拱下来。

其实我可以自己下地洞，反正坐在洞口也没什么意思。可我缺乏胆气。洞子那么黑，洞子里的路那么黑，即便洞口月亮再大月光再好，到了洞里什么都摸不清，注定要一条道走到黑。

然而，我掉进洞子里了。尔嘎不肯拉我上去，他的意思是，人一辈子难得掉一次地洞，既然掉进去就不用着急出来。

于是我只好规规矩矩又怀着恐惧站在这个别人挖出来的地洞，这简直像是特意给我准备的一样，洞子的大小完全符合我的体形，只不过，我不能随意自由弯腰做一些放松肌肉和伸懒腰的动作。说白了，我被恰到好处地卡在这儿了。我记得从前有个男青年跟我说，如果我嫁给他，吃再胖都没有关系，我卡窗户就拆窗户，卡门拆门，卡墙拆墙。我没有嫁给他，所以卡在了地洞？

但这难道不会是尔嘎故意给我设的陷阱吗？他总是一个人跑到这儿来，而又总是一无所获，玛瑙石存在许多年了，他还是和他爹一样穷光蛋，他住在那些蘑菇屋里简直是个倒霉的蘑菇！我越想越觉得受了迫害，但毫无办法，就像他说的，人一辈子难得掉一次地洞。

过一会儿，洞子外面烧了一堆大火，嘈杂的声音随之传来，我听了一下，是白天那群孩子睡了一觉又跑来干活了——这些不要童年也不要睡眠的人。尔嘎终于肯将我拉出地洞。火有点小了，他们围在那儿选石头，照着月光和火光，把烂掉的石头挑出来放在别的盒子里。

有人在写作业。他们写作业的时候眼睛却时不时地望着我先前掉下去的那个地洞，然后又望着我。我从来没有在这么多双眼睛的注视下感到无处可藏，感到恐慌和心虚。他们把我看得就像一张扁塌塌的纸。这些小小的人到底要在我身上寻些什么呢？好啊，我猜到了，他们可能在想象自己明天就会长成我这个样子：穿不沾泥巴的白衣裳和梦想了半生的黑皮鞋，以及腰包上挂着装模作样的精巧的茶杯。这时候我要解释一下这些来不及换下的行头肯定不行，假如我说，不要在意这些身外之物，它们在外面的大街上随处可见，至于那雕刻得相当不错的茶杯，它在我们这儿只是一件喝水的用具，如果可能的话，去做那个雕刻茶杯的人，你要相信他绝对不是一个附庸风雅的人，从杯子上的刀工可以想象那是很多年的修养和提炼，尤其那些细碎的花纹，它透着一股寂寞的白月光的味道——你得相信他蹲在很多个晚上的月光下完成了这个作品。然后，好好珍惜你们围在柴火边烤火的日子，不要让它跑得太快。可是这种话肯定没什么底气和说服力——“那你为什么要穿它们，为什么要穿它们回来！”——他们一定会有更多的反驳，我就是怀着那么多的反驳走了一条自认为和父亲不一样的路。而今天我满心要走回来，却发现不是落在尔嘎的眼皮底下就是落在这么多双眼睛的直视下，我失去了走山路的能力和与他们交流的心情。

就在我胡思乱想时，尔嘎掉进了我刚刚才爬出来的那个深洞。

“快拉他上来。”我喊。

他们跑过来围着地洞大声笑，却不伸手帮忙。山风呼呼向着地洞里灌，我敢肯定尔嘎两只耳朵里都是大风的回声。然而我也无能为力，手短，力气小，我根本够不到尔嘎的手。

“不要自作多情呀，你的手那么短，他又根本不想上来，你看他的手正在那儿摸石头呢！我们敢保证，他在那儿自由得很，这种活只有像他——还有我们父母——才吃得消，你不要操心了，他在那儿心情好得很，你侧着耳朵听，一会儿他可能还要唱山歌。”

他们提醒我了。尔嘎确实没有伸手给我，并且看上去——抬头的时候我捉到了他的眼神——心情不坏。

“那我自己跳下去救。”我担心他会在地洞待很久，谁知道呢，他视力模糊，万一看错了出口而在地洞的岔道中反复走着弯路，那今天晚上我们谁都不要睡觉了。听说我要跳下去之后，这帮孩子齐刷刷看向我，那种眼神提示我在多管闲事或者同情心泛滥，当然，也有别的猜不透的味道。他们提示的也许真不错，在某些时候我的确会同情心泛滥。还在东莞的时候我就听说了尔嘎的遭遇，他快要瞎了，他快要辍学了。然而我并非像他们看到的那样，日子过得跟我的茶杯一样精致。我仅仅是同情心泛滥——这种毛病简直可以称得上“旧伤复发”，它不能保持长久，却又总是间隙性发作——然后又被别的事情打搅，很快把这件事冲淡。现在他辍学了，他掉进钱眼一样深的地洞去了。

有山歌从地洞冒上来：

太阳出来照东方

东方是个好地方

背时崖荫来打岔

娘在西来儿在东

歌声是地洞的旋涡风扯上来的。看来尔嘎也只会唱这一首歌。我记得，这首歌他的母亲唱得很好，她是汉族，喜欢穿黑白相间的外套，又怕它沾上泥巴所以洗起来很卖力，衣服的缝口总是飘着几根刷子扯开的碎线。我的意思是，像这种会唱山歌又爱打扮的汉族姑娘，她的心可能根本安不下来，她太有想法，有想法的人爱折腾，会干出两三件随心所欲的事。后来她随着娘家人搬到别的省份去了。

我以为他很快就要爬上来喘气，反复唱歌消耗力气也必定要口渴，地洞却传来敲石头的声音，接着又是原地踏步后迈开脚步向哪个岔道进发的响动。听他那种忙活，你会以为地下不是窄巴巴的洞子而是一个广阔的世界，他在那儿过得确实如孩子们断定的那样，很开心，也很自由。我在上面反倒无事可干，是个彻底的局外人。

孩子们抱着石头在火堆旁精心挑选，火烤在脸上就像烤在那些油黄的黑白照片上。最后我认为自己看到了一条昏黄的河流，它可能由火舌变来也可能凭空而出，河流的水正在他们手指上洒落——因为他们在河边挑石头嘛——当这些人撩起衣袖擦眼睛，手指上的水也就沾到眼皮上。于是我忍不住跟他们说，坐退点。

“多管闲事。”这回他们直接这么跟我讲，并且狠狠地瞪着我。

尔嘎在地洞扯着大嗓门喊：“喂，你不下来吗？”我刚要回答却被那帮孩子打岔了。他们哈哈大笑，指着我说：

“看她那个样子一点都不像干活的。”

“对啊，她连只盒子也不带，根本是来混日子的。”

他们说话简直和大人一模一样。不过这也可以理解，毕竟过早地学会挖坑、寻宝、说河南话、察言观色、卖原石，心性成熟快，顺便会几句嘲笑的话根本不算什么。

不过他们也有可爱的一面，那就是突然来了兴致要下地洞和尔嘎一起找石头。他们说这种工作白天做起来没什么意思，要在晚上找到好石头才是本事。所以这帮人很炫耀地在我面前一个个跳进地洞。他们很快从下方传来欢笑，却始终没有听见敲石头的响声，我才明白这是一个去地洞玩捉迷藏游戏的借口。

地面上彻底只剩我一人，山风吹着我，冷月照着我，山脉在隐约处驮着我看不清的树木和不值钱的石头。地面的石头是不值钱的。

尔嘎一定也加入了他们的游戏，“下来啊，下来疯。”我好像听到谁在喊我，也可能谁都没有喊，只是我的魂早一步参加了地洞那场狂欢。

事实上我很想跳下去加入这场游戏，然而我敢肯定在那儿得不到一点自由，那种黑茫茫的通道只会令我沮丧。说到底我不了解他们，他们也不了解我，互不了解的人挤在一起只会让场面陷入尴尬。刚才传上来的逗笑搞不好只是我耳朵的误听，他们可能躲在洞中倾诉，因为当中有些人的父母无法亲自来采玉，他们在采玉的地洞里受伤，现在还躺在床上呢——尔嘎跟我说的——那么，眼下这些洞子是父母留给他们的“宝库”，白天寻宝，晚上玩游戏。也可以说，白天是精明的生意人，晚上才回归童年时代。此刻他们在宝库里疯跑，大喊大叫，一点都不在乎踩坏了有可能相当值钱的石头。目前看来，石头也回到了石头本身，你似乎也可以听见它在欢叫：不要流浪，不要发疯。

地洞的回音效果将那儿的声音镀上一层陌生感，已不能分清尔嘎和别人的喊叫。很显然，他们的兴致全都升得很高，这场游戏一时半会儿结束不了。然而，我却看见他们一个接一个从地洞里爬了出来。

“干活去。”他们无精打采地互相招呼。

尔嘎最后一个出来，头上全是泥巴和碎叶子，从我身边经过时有气无力地说了句：“回去吧。”

“两手空空的回去吗？”我实在忍不住这样的问题。尔嘎不说话。他父亲遗传下来的沉默的习性简直长进了骨头。他又掏出半瓶酒，扬起笑脸晃着酒瓶跟我说，没有两手空空。

于是我们两个又赶着夜路往回走，月光比先前明亮，照在尔嘎身上就像照在一颗走路的石头上。我说，你抖掉那些泥巴和碎叶子，它们要把你盖掉了。他不愿意。为此我俩吵了几句。我怪他将我哄到这儿却什么都没捞着，他怪我不敢跳进地洞害他什么都没捞着。“道不同！”他说这三个字时简直像诅咒。“不相为谋！”我说这四个字时也像诅咒。到后来我们根本无法走在同一条路，但又不得不走在一起，天黑风大，下山只有一条独路。

由于闹了矛盾，我们在途中遇到的危险得自己承担，比如月亮被云层盖掉，天黑乎乎的，一脚踏空时喊出的不是对方的名字，而是“老天爷救我”。

后来，天快亮了。我们也走得疲惫不堪。

“和好吧，”他说，“我们是同一条路上的人。”

“好啊，”我说，“反正暂时没有第二条路可走。”

我们继续往回走，由于刚刚和好心情不错，他抖掉头上的泥巴和碎叶子，忍不住放开脚步将我丢在后方，这时候我恍惚以为他骑着一匹棕色大马，只要再催一下马的脚程，就有可能从这儿跑出第二条路。

那年秋风

中秋节的晚上，风很凉，州府大道的两边有清洁工在扫地。她们穿着黄色的褂子，街灯照在头顶，叶片旋在周围。我坐在开往火车站的公交车上，透过玻璃窗看她们，觉得她们也像落叶。

卖票的女人拿着一扎发票坐在车子前排的单椅上，晚风吹乱了她的头发，我收回看落叶的目光，望着卖票女人的背影发呆。车子晃着我，好像我还是个婴儿，正躺在母亲的摇篮里。

车子将我送到马道镇火车站门口。我时常来这里买票，这是始发站，可以买到座位。

靠着车站门口的花坛边，我选了一个台阶坐下。我不知道自己要去哪里。我时常有这样的茫然，对着火车站看半天不知道自己要去何处。

很多时候，我感觉自己是迷路在城市的羊，前不见山，后不见水。

花坛里有几棵矮树，一只小狗在树下晃着尾巴，它偶尔抬起头望一望我，好像在表示它的同情。我一厢情愿觉得它的眼光是在同情——我认为它是一只有灵性的狗。“难道我需要同情吗？”这样想了一想，心里有受辱似的难过。

车站门口站着一个卖烤洋芋的彝族女人，她背着孩子，一边烤洋芋，一边跟客人说话。她的孩子在背上大哭，小手抓住她的头发乱晃。她反手打了孩子，显得很烦躁。

“洋芋多少钱一个？”我走向她。

她用彝话说，五角钱。

“谱潜。”我用彝话表示她的洋芋卖贵了。

女人一口反驳，说没有比她卖得更便宜的。她迅速瞟了我一眼，很快划开一个，往上撒了许多辣椒粉、花椒粉以及一些盐巴，用袋子一卷就将它递了过来。

我只好买下。

回到花坛边吃完土豆，想好了要去攀枝花，但是走到售票窗口时，莫名其妙买了一张去成都的火车票。这种事情发生过很多次。

等车的时间过得慢，寂寞的夜里一个人坐在花坛边总感觉像个乞丐。虽然自己的貌相与乞丐并不沾边，而一个人心里感到是乞丐，那就与乞丐脱不开关系，就真的是乞丐了吧?

像往常那样，到站台右边的超市买一些水果、一盒泡面，对于晕车的我，这些东西完全是多余的。但我总要准备一些食物。也不知道为什么要买这些无用的食物。我在车上并没有真的吃什么东西，一杯水就能对付整个旅程。可能我仅仅想证明自己不是乞丐。

灯光落在我的脚下，卡在水泥板缝隙里的石头披了一层影子，我用脚尖拱出它们，踩着翻几个面，然后一抬脚将它们踢到别处。“去别的地方。换一个地方。”我低声说。

时间就这样有一脚没一脚地踩掉了。我重新走到花坛边坐下。先前卖烤洋芋的女人已经离开，那个位子换了主人。

“嘿！老同学！”一个声音像炮弹一样打进我的耳朵。接着就是一只手掌拍在我的肩上。

我扭头一看，并不是我的同学，而是我同学的哥哥，仔细说来也算是校友。他一直喊我老同学。他的家住在山上，离我不远。偶尔我会看见他放羊的父亲，披一件彝族褂子，满身酒气。

“打疼了吗?”他看我摸了一下肩膀，显得有些惊慌和不好意思。

他身后有七八个人，像饺子一样跟在身后，都空着手，什么也没带。这些人全是彝族，面熟的没有几个。他们一色地冲着我笑，好像见到了亲戚。

“哈！还有我呢！”阿乌拉人像地雷一样弹出人群，他摊开两手挡在我面前，大嗓门响在广场上。

“嗯？你也在。要去哪儿？”我感到好奇了。阿乌拉人可是出了名的小混混，阿乌是他的姓，拉人（彝语：混混）是他的绰号。我想不通这位“老同学”跟他混在一起干什么。

“小宁，你跟……”我喊着老同学的汉名，想问他跟阿乌拉人这样的混混在一起有什么意思。话说到一半，当着阿乌拉人的面，实在也不好说下去。

阿乌拉人甩了一下盖在耳后的长头发，还来不及回答我的话，小宁已经将我喊到一边说话去了。我看到阿乌拉人吞下他滑到嘴边的话时窘迫的样子。

“我们去打工。出国了。”小宁半笑不笑的样子，说到“出国”时眼睛亮了一下。

“哪个国？”

“缅甸。”他坐到一块凸起来的水泥堆上。

“做什么？”

“采石头。”

“啥！”我的话像气球一样鼓起来，望着他的眼睛喊道，“难道凉山没有石头给你采吗？”

小宁低头看了一眼地上的树影，捡起一块小石子在树影下胡乱地画来画去。他一定想要说什么，但是无法说得清楚。我看见一些茫然的情绪写在他的脸上。

“有三个老板来普格招工，找了好多个（他指一指阿乌拉人和其他几个同伴）。老板包车费，路上吃的也包。听说那里工资高，一天可以挣一百块。”

“一百块？”我感到这是个天文数字。我在理发店一个月最多挣五百。

“是的。你看，现在是 1999 年了，出去打工的人都好有钱的样子了，因为外面的工资高，高得很啊。肯定是高。我看得出来。你一个月挣多少钱呢？如果我去了那里工资高，就捎信给你。”小宁说得十分投入，他突然抬起眼睛痴痴地望着我。

我避开他的目光。

“……上次的信你没有回我……你……”他不知道怎么往下说。

我装作不知道窗台上的信，故意做出惊讶的样子望着他。

“又没有看见吗？噢……”他低下头，很伤感。

“呀！你们谈情吗？不避嫌，光天化日。”阿乌拉人像鬼一样从花坛后面冒出来，举着两只爪子在头顶晃了几下。

“白痴！这是光天化日吗！”小宁瞪着他。

阿乌拉人自己找了一块地方坐下，从衣兜里掏出一支烟点燃，吐出一口烟子。“来一支吗？”他问小宁。

“那里工资可以。”阿乌拉人说。

“我也去采石头吗？你太看得起我了。”我沉闷地说，心里埋了几分委屈。

“这信……”

我的袖子被小宁拽了一下，反身一看，他的手里握着一张叠好的信。信纸是彩色的，和小学时候抄歌词的本子颜色一模一样。我喜欢这种纸。上学时为了得到这样一张纸，我要替同学写三天的作文。可我现在不喜欢这样的信纸了。

“又是亲手交给我吗？嗯，长这么大，你是第一个写信不用经过邮局给我的人。”

“以前我放在窗台的信……”

“我没看见。”我赶紧截住他的话。实在没有心情提示他，把信放在窗台是多么愚蠢的事情。我母亲有一次打扫窗台，在窗缝里抽出一封信，好在信的内容绕山绕水，说星星指月亮，她看完了也不清楚那是什么意思。我也不太清楚。因为那既不是情书，也不是普通的信件。他的每一封信都隐约有爱情的味道，仔细看却又是别的意思。不管怎么样，我把这些信捡起来，读完，然后撕掉烧毁。反正，窗台上的信最终逃不开我家的灶火。

“小宁，你有什么话可以直接跟我说，为什么要写信呢？”我还是忍不住这样问了。我实在不明白，写了大半年的信，到底想表达什么呢？自从收到他的信，我很多次怀疑自己的智力。读不懂。

小宁低着脑袋，好像做错了什么事。

“你不要这样，我没有怪你的意思。我是说……”我也说不清了。难道我要告诉他，这样写信有多无聊，我把他的信都转交给灶火了吗？

“这个，这封信，等我……”

“……等你走了再看。是吧？”

他点头。

“把老子当空气啰。真肉麻！”阿乌拉人拍拍屁股，起身

走到他的同伴身边去。

这回小宁没有责怪阿乌拉人。

他们的三个老板从车站里走出来了，手里拿着几张车票，在谈着什么事情。小宁和阿乌拉人赶紧围了上去。他们操着带了彝腔的普通话与老板交流。

“这位是？”电线杆子一样的老板站到我的面前，他的领带像黑花蛇稳稳地扎着他的脖子。

“我是我。”我有点白痴地抬起头望着他的眼睛。他的眼睛很好看。

“哈，姑娘，你真幽默。”他漂亮地眨了一下眼。他的热情是西昌两个太阳的温度。他转身要给我买橘子水。

“我不渴。我自己买了水。”我赶紧制止。

阿乌拉人和他的同伴站在台阶上吹风，要出国了，他们看起来精神抖擞，好像此去不是采石头，而是被八抬大轿请去做官。

三个老板看起来很有派头，一色的黑西装加领带，皮鞋油亮，手腕戴着表，看时间的时候，顺便理一理乌黑的头发。他们搽了香水，我的鼻子被呛了一下。

“妹妹，你做什么工作呢？”另一个老板更加温和地与我说话，他指一指阿乌拉人一伙，“是亲戚吗？”

“我就在附近上班。我们是朋友。他是我表哥。”我指小宁。

小宁猛地抬起头，睁大了眼睛望着我，因为他从来不知道我是他表妹。

“啊，难怪你们长得有些像。”高瘦的男人坐到候车室的椅子上。外面风凉，我们一行人进了候车室。他们坐成一排，我罚站似的立在旁边。

“你们彝族人自己出去根本不好找工作，尤其男人。女人好一些。我看你肯定好找工作。”瘦男人笑了一下，吹出一口烟子，弹掉指上的烟灰，又说，“我们这次来凉山闲玩，看这里的彝族人很有力气的样子，临时动了招工的念头。这纯粹是为了照顾你们。”

我想起曾经在一列火车上，也见到出外打工回来的彝人，他们叫苦连天，说在外面找不到好工作。一些厂子更是因为语言沟通的问题拒绝招收彝族。我看见他们的包袱里裹着彝族衣服、旧鞋子和被褥。他们中的一些人拖家带口，女人和孩子跟坡地里出来的土豆一样灰扑扑——她们安静而又有几分胆怯地躲在男人身后，就像躲在泥土里。我不想说她们像乞丐，可是我看到她们的眼神和乞丐一样的可怜、无助。尤其女人们在没有买到座位的火车上，将自己的裙摆撩起来兜住年幼的孩子。孩子像小袋鼠一样缩在裙兜里。

我一时语塞，被眼前的瘦男人说得没有反驳的理由。望着小宁，我想象着他将来婚后的样子。

“嗯。”我半天才吐出一个字。的确有部分彝族人喜欢酗酒闹事，这样的事情我曾遇到过。也是在一列火车上，我买了座票却不能拥有那个座位，我的座位被一个彪悍的彝族男人占住。他像一头野牛似的横躺在位置上，冒着酒气，说着胡话，一只背包垫在他的脑袋下。他整个人躺在那里发酵，嘴巴不停地叨叨着，用彝语在骂人。因为话中提到“工资”和“开除”这样的字眼，我确定他是因为闹事被辞退了。我像呆子一样立在自己的位置旁不敢喊他起来，买了座票站了一晚上，白白给他当了一夜保镖。

“……他们都是小年轻，有的是力气。采石头也不是太累。伙食费可以放心，天天有肉吃。”

不知道瘦老板之前还说了些什么，我走神了。

“嗨。”小宁拽了一下我的衣角，指了指边上的座位。

我坐了下来。

“老板，你们那里招女工吗？”小宁客气地问。

瘦老板歪着脑袋认真地看了我一眼，好像之前没有见过一样。“招。是她吗？”他伸出一根手指向着我。

“是。”小宁自作主张。他根本不在乎我的意思。

瘦老板换了位置，坐到与我相邻的椅子上。

“姑娘，你想去吗？”

“不想。”我原本要这样说，但是冲出口的话是，“多少钱一个月？”

瘦老板一点也没有反感，很高兴地拍了一下自己的大腿，然后给他们的上司打电话。上司是男是女不清楚，只能听见瘦老板的话。瘦老板向他的上司汇报，说我二十岁左右，最后还问到“给这个姑娘多少工钱”。

很快有了结果。他们正巧缺一个煮饭的。瘦老板挂了电话，急忙问我：“这个工资可以了吧？两千块，不少啦。早上不用煮，可以睡懒觉。中午和晚上煮。你看，你们这边的工地可是一天三顿都要忙。我们那里早上买馒头给工人吃，可以省掉一些麻烦。”瘦老板看了看他的同伴，他的同伴马上向我点头，表示瘦老板说了实在话。

听到“两千块”这样的字眼，我的心里激动了一番，这是我在理发店辛苦四个月的工资。

“这个钱可以啦。早上还可以睡懒觉。老板，要是她不去，饭给我煮吧？我炒菜的手艺巴适得很。”阿乌拉人腾地站起身，又突然意会到在抢我饭碗，晃晃地又坐回去。

“这个工钱……还不是很满意。我觉得还是成都好。那里空气和这里差不多。”我回答得自己也听不懂。

“那么，你想要多少呢？”瘦老板微笑着。

受到这样的重视，我突然感觉自己是电杆上的灯泡，高高地亮在他们头顶。可是心里明显有嘀咕，现在不是钱少的问题，而是钱多的问题。两千块一个月，这是我打工以来劳力最值钱的时候。会有这么好的事吗？我的疑心病每一年都在加深。所以我妈说，像我这样的人根本不适合在外面混江湖，应该找个笼子躲起来。反正我在外面也会因为怀疑的毛病交不上一个朋友，做事情更不会有多大的起色。这话我一点也不反对。她肯定是在记恨我。很多个时候，我都在莫名其妙地想象我有可能不是他们亲生的孩子。

“你们最高可以给多少？”我装出一副老狐狸的样子，心里却感到一阵害怕，直觉告诉我，这块天上掉下来的大饼就要把我砸扁了。我望过去，看见阿乌拉人和小宁他们绽着一张笑脸，好像捡到了金子。

瘦老板踌躇了一会儿，与他的同伴又商量一下，最后打电话给他的上司，说这个女孩踏实本分，能不能再加一点工资。当然还说了一些什么，大概是他们的方言，听不懂。

我看见瘦老板替我忙碌，说好话，这种热情肯定会让人以为我是他的亲人。我也看见另外两个老板关注的眼神。他们是热情的，可不知道为什么，我怕他们，越是这样热情越害怕。我联想到村里的妇人，她们在年底的几个月给猪最好的食物，然后在新年到来之前杀猪吃肉。

最后，工钱定在了两千五。

阿乌拉人更不得了，“啥！比我们采石头只少五百！”他有些暴跳如雷的样子。

“不对，采石头可以拿到三千五，甚至四千。”瘦老板赶紧这样说，并且友好地拍了一下阿乌拉人的肩膀。

阿乌拉人听到“四千”便止住了呼声。他的情绪像安了开关，立刻变了一张好看的笑脸。

“可以去了吧？你看，两千五了。”小宁说。

我心里正在打鼓。一个声音明明在告诉我：去不得。

“你们最好找个借口走了吧。我看他们像骗子。我的直觉一向很准。我在一些杂志上看到类似的事情。上半年在火车上，有个人极力劝我去重庆，我没有去。总之，你们不要去。”为了不让三个老板起疑，我用彝语告诫小宁他们。语气像在恳求。

“书呆子。你看书中毒了。”阿乌拉人瞪我一眼，又说，“杂志上都是假的。你不去算了，我们是要去的。你的胆子太小。我们一群男人，还怕被他们卖掉吗？你听说过哪个男人被卖掉吗？没有！你数数，我们八个，他们三个。我们一人放个屁也能熏死他们。四千块呢，至少也有三千五。在这里没有这么好的工资。而且又是出国。啊，我长这么大还头一次出国。我要见见外国是什么样子。”阿乌拉人捧着下巴，被自己的话感动了，小宁他们一伙人的眼睛也被阿乌拉人说得亮呼呼的。

我知道这群财迷已经不能被劝说。如果我继续说下去，阿乌拉人就会要求我赔他的损失。

小宁犹豫了。他是这群人中间唯一在犹豫的。我高兴得像个花匠，仿佛看见自己的辛劳在一棵小草上有了效果。

“小宁！”我带着颤音喊他，然后是一种祈求似的语气，“不要去啦。”

“你们在说什么？嗨，不要用彝语。”瘦老板和他的同伴齐声说。他们非常警惕。

阿乌拉人的脸上飘起一片乌云，他用彝语说：“你不去就不去，赶紧走吧。他们已经买好了票，我是要去的。你们呢？”他回头问一下包括小宁在内的七个人。六个人猛点头。小宁站在一边没有表示。

“你是不想去了。我看得出来。你们找个借口走吧，我们不会告诉他们。”阿乌拉人望着小宁，这种口气很有几分仁至义尽的味道。

三个老板又听见我们用彝语交谈，脸色显得更不好看。但是又在努力挤着笑容，那种勉强就像在空壳子里挤牛奶。

我抬眼望了一下车站的时钟，已经快要到我上车的时间。

“你去吗？”瘦老板又问我。他似乎一定要我去煮饭不可。

“去。”我突然灵机一动，微笑着这样回答他。我觉得这是个溜走的好时机。

“你确定不去了吗？”我又问一下小宁。

小宁肯定地点了一下头。他也意会到这三个人的反常。当我们用彝语说话的时候，三个老板的眼里含着十分的怒气和慌张。

我装作很高兴地去退了票。瘦老板一直跟着我和小宁。他很热情，争着要给我提行李。我只好把超市里买来的泡面和几杯饮料递过去。

“放心吧。我会帮你吃掉的。”阿乌拉人坏坏地用彝语跟我说。

小宁的额头冒出一些汗珠子，看瘦老板的时候显得目光闪躲。他的紧张更让我多了些害怕。

终于耗到瘦老板他们快要上车了，只有四十分钟的样子。已经有人排起了长队。这时候我和小宁逃走了。

我们逃到了郊区一家私人旅店。小宁歪着脑袋眯眼看了一下，读着院门上用红布写着的大字：乡——村——旅——馆。

院落里一位老者在低头整理木柴，穿着很厚的衣服，头上裹着一条帕子。老者放下柴火来到“乡村旅馆”的横幅下，问道：“你们租房子吗？”

“是。听朋友说‘乡村旅馆’便宜。”我扯谎的功夫越来越高。这时候感到一阵透骨的疲惫。头有些晕，好像是要感冒的前兆。

小宁显得精神了。“住一晚，多少钱？”他问。

老者耳朵不灵光，用手掌像罩子一样罩住耳朵，“你说什么？我的耳朵不好使了。你再说一遍。”

小宁再说了一遍。老者指着二楼的房间，“有二十块一间的，也有十块一间。十块的是小间，隔层房，一个人住可以。你们怎么住？”

“两间，”我赶紧说，“要十块一间的。”

我掏出二十元递给老者。小宁站在一边，有些不好意思。

“我这次出来没带钱。有几块钱，不够。”他想解释得漂亮一些，但还是无奈地这样说。

隔层房小得像火柴盒，一道门进来，里面装着三间小房子。小房子又是各自一道门，这样一来，一间房子就有四把锁，住进来的客人各自两把钥匙，有点像儿童游戏间。门口一个公用的洗浴室，台子上躺着一块肥皂，站着两只玻璃杯。毛巾倒是很干净的样子。

“这房子好小。装耗子的。”小宁摊开手，冷笑。

我失眠了。小宁应该也失眠了。我听见他的房间有走走停停的脚步声。

小房间只够摆一架木床，周围连个柜子也站不下。我收了收身子，害怕放开架子会把这个房间撑破。

突然想到小宁的信。这大概是我收到的第二十封信了（放窗台的不算）。他每给我一封信，过几天就要问回信。我能想象他等信的焦急，但实在没有兴致回信，一想到这封信写完还得和他一样亲自交到收信人手中就感到别扭。这不是正常人做的，疯子才会这么干。

我掏出信，把床头的台灯拧到最小。弱光下的信纸被照出一股怀旧的感觉。我盯着淡黄的纸页：

……羊是只有白天去放，晚间我躺在床上，睡不着就数它们。这是你上回跟阿兰说笑时提到过，你说你睡不着就数羊。

……我想着，你十四岁的样子——我比你大一岁，我在十五岁认识你——如今你十八岁。那时候你还在上学，还没有出去打工。你还不会买连衣裙装扮自己。那时候你的红色有帽子的衣服我很喜欢，我也去买了一件花色一样的穿在身上。你肯定没有注意。

现在没有人放羊了。我看和我一样的青年都出去打工，我也想出去。但是我没有那么高的文凭。虽然我喜欢看书，看了很多书，但是没有一个工厂会因为你看了很多书重用你。我最远去过成都，找了好几天没有找到工作。他们一听见我是彝族就怕了，说上半年在荷花池某个菜市场，出现一群彝族女人穿了披毡偷煮熟的鸭子。他们嘲笑的语气，我对此心里很受伤，感到委屈。

想想她们也真是没什么骨气，煮熟的鸭子也值得去偷。但是，有些人确实饿得没有办法。住在山顶的彝人，你懂他们的艰苦，我也懂。可我们没有办法跟外人解释。她们也的确不应该去偷。但是我想不到更好的办法。

你出去打工的前一个月，我放了一封信在窗台。我想，你可能还是没有收到。不知道为什么，放在窗台的信你都收不到。山沟里跑来的风实在太大了，也怪不得你。

这封信写了很长，请一定看完，也请一定回我。

等信……

小宁是个浪漫的人，他习惯把心事写在纸上。从前在什么地方他说，只有面对本子的时候，想说的话才会完整地说出来。而且写信是一种特别美妙的感觉，你要说的话不是直接进入对方的耳朵，而是经过对方的眼睛“看”进去。耳朵可能会这边进那边出，眼睛不会。

他的这些道理很有意思。但我已经好几个月没有写信——当然，几个月前我在写信，我给我的男朋友写信。但是现在，我一辈子也不用给他写信了。

隔壁起了一阵鼾声。他终于睡着了，不需要再数羊。

我也抠着墙板，在墙板上画了一个月亮，最后这个月亮长出两只弯角，是一只老山羊的模样。

次日又是雨天，我躺在床上不想起来。小宁站在门口，我听见他的脚步声。

“你醒了没有？”他说。

“醒啦！”想赖床是不行了。

打开门，小宁像柱子一样立在眼前。

“这么早吗？”我懒散地问了一句，感到一阵无力，心里纠结的事情到现在也没有结果。

“你属什么的？我忘了你属什么。快说，是属猪，还是属狗？ 我看是属猪。你是越来越懒了。不是吗？我记得你小时候很勤快。”洗脸时，小宁追在我后面说。

“我属凤凰。”

“什么？”

我瞪他一眼，高声道：“鸡——就是凤凰！”

“我们该去哪里呢？现在。”他换了话题。

“你不打算回家？”

“我原本就想出来打工。不能这么快回去。起码……”他尴尬地笑了一笑，“起码要挣到回家的路费。你看，一个大男人住一间旅馆还要你给钱。”他叹口气，摇了摇脑袋。

“你想去哪里？”我心里没有打算和他一路，但又不能丢下他不管。

“你呢？”他很茫然。

“谁知道呢。也许是米易，也许是别的地方。你去打工，身份证带了吗？”昨天晚上店老板问他身份证，他半天也掏不出。

“忘了去办！”他说。

不带身份证打什么工呢？我一时不知道说什么好。

“我去成都打工把身份证弄丢了，一直没有补办。”他看我焦急无语的样子，安慰道，“不要担心，建筑工地一般不要身份证。反正是卖力气，哪个管你有没有身份？有身份的就不去卖力气啦。”

“去攀枝花吧。听说那里正在修路。”我别过脸。下雨了，背对着雨，一股凉飕飕的冷意扑在我的背心。

小宁答应了。

火车站因为落雨的原因显得冷清，湿漉漉的广场站了十来个撑着雨伞等车的人。

小宁伸出一只手挡在我的头顶。又是昨夜给我挡雨的手。 也许可以说点感动的话，只要我愿意，立刻就可以。但没有。我默默地顶着这只手走进售票厅。

小宁在一边等着，我想也不多想买了一张到米易境内的一个小地方的票。我曾经去过那里，以为这一生将会住在那里。

“为什么不直接买到攀枝花？这是什么地方？”小宁打断我的回忆。他把票面上的地名递到我眼前。

“在那里休息一下然后再去攀枝花。”我说。

他把要说的话咽下去了。我看到他的喉咙鼓了一下。

“不知道阿乌拉人他们怎么样了？”小宁说。

我想起阿乌拉人想出国的笑脸。

“我写的信你看了吗？”

“看了。”

“我等你的信……检票了。”他说。

火车上乘客并不多，但是因为喧闹显得很拥挤的样子。

几个中年男人脱了鞋子平躺在三个位置的椅子上，使得车厢里充斥着一股脚臭味。

“我给你一杯水吧？可以淡化一些怪味道。”小宁准备起身。

我赶紧抓住他的衣角说：“不喝了。”

“为什么？”

“感觉在喝洗脚水。”

小宁从鼻腔里发出一声轻笑。

车子摇着我，恍如半年前。半年，并不长的时间，想来却是上辈子的事情。

半年前我就坐在窗边，车子也是这样摇着我。他坐在我旁边的位子上，眼神甜蜜地飘在窗外，手环住我的肩膀，在跟我唱一首《再回首》。我指的是已经分手的男朋友。现在我要对他换一种称呼。他已经没有“再回首”，已经是我的一段伤心的回忆了，我干脆叫他“黄连”。

我们是怎样认识的不重要了。我曾经写了很多信。那些信是我在夜晚偷偷完成，并且多半是在有月亮的时候，或者下雨的时候，总之，我当时认为情书应该在晚上写。但不论怎样对着雨水或者月亮，也写不出黄连那样的句子。他信里的文采总是让我羡慕，一想到那些字都是写给我的，心里就像藏着一千只蝴蝶。

我读到一些句子就会突然感动，我承认我很容易感动（也很容易生气），这是我最大的弱点。我曾经因为他的那些漂亮的句子没头没脑地说过一句话：“我这辈子非你不嫁。”

很显然我是个白痴，容易说些白痴才说的冲动的话。

我看了一眼小宁，想把这些心事说给他听，可他的眼睛望着窗外。

“你困吗？”小宁推我一下。我走神的样子在他看来是在打瞌睡。

我望着他的脸，看见他下巴上的胡子在玻璃光的反射下更加显眼。他的头发并不乌黑，是少白头，如果把脸遮住，他是老人的样子。

我睡了一小会儿。等我醒来，车已到站。

这是个乡镇，四面高山耸立，浑黄的河水顺着上游的峡沟流来，沿着山边直奔下游。当我站在小街最高的台阶往前看，那股浩大的水流仿佛在奔着我来，要把我冲到天边去。一股更大的冷意袭上心头。

半年前那场雨比眼前的雨更大，那是一场大暴雨，突如其来，打在人身上是一种冰冷的疼。那是一个傍晚，我第一次冒着暴雨走在这个有些荒凉的小镇上。黄连撑着伞站在我身边。镇上的房子虽然不多，也不美观，却给人一种朴实的亲切。我想着这辈子是从高山走进更高的山，就会有一股感动在心里跳跃，认为这辈子是从故乡走进故乡，全都是安排好了的。

我曾为了走进这座大山而庆幸。

那时候黄连就站在我所站立的位置，指给我看这条河水，告诉我河的名字以及它的来处和去向。

如今这条河的来处我已经忘记，我只记得它的去处——

渡口。那也是我将要前往的地方。那里有码头，有船，有摆渡的人，有商贩和游客，有木棉花——有与我无关的一切。我不需要摆渡的人。我去的只是一个“渡口”，一个充满意义的名字。

我转过头，看见那儿的一家小煤场，它早就停工了，几间黑破的简易房寂寞地站在雨中。黄连告诉我，他小的时候曾在这里做工，每月能挣三百左右。

小宁从什么地方跑了过来。

“要去哪里呢？”他不安地问。这是他目前最关心的问题。这里没有熟人。

“去哪里呢？”我这样问自己，也像在反问他，眼睛望着一座山峰发呆。那山顶住着我想见又没有理由再见的人。我应该恨他，应该写一封信诅咒他的背叛。

我挪了一下位置，背对着河水。

“今晚就住在这里吧。”我说。

“跑到这里莫名其妙住一晚上，为的什么事情？你虽然不跟我说，我也能感觉到什么。你不用说了。先找家旅店吧？这里太荒凉，有没有旅店也不好说。”小宁抬着眼睛四处看。

这儿当然有旅馆，但不是大的旅馆，都是私人开的小旅店，收费便宜。这些旅店不会大张旗鼓挂着招牌，他们只在自家门口的墙壁上或者门板上写上两个简单的字：住宿。

我们在一片房子密集的地方找到了“住宿”，因为雨水冲刷，墙壁上的字是这样写的：主宿。

店主是个瘸腿的女人。女人好像是个寡妇（我看见敞开的堂屋正墙上挂着一张年纪不大的男子的遗照）。她看见我们走近她的房子，并不十分热情，反倒有几分冷淡的味道。

妇人的孩子倒很活泼，五六岁，拿着一根什么树枝在玩骑木马，可是在看到我们的那一刻却害羞地躲起来。

“我们想住店。有空房间吗？”我逼着自己把笑脸挂在鼻子两边，如果对方还不给我笑脸，我也要很快把笑脸摘下来。

她果然没有笑。我从她半低着的脑袋下看见一张毫无表情的脸。

“几个人住？”她明知故问。

“两个人。开两间。”我继续问她，当然笑脸也是取下来了。

“有是有。但……”她终于抬起头来。

我等着她继续说。

女人站起身，丢开手里的活走到门前，指着那张墙壁上的照片说：“他去年走的。楼上有两间房子是他亲手盖起来的，你们要是不忌讳，我这就开给你们。”

我不由自主地走到堂屋的门边，深深望了一眼墙上的男人，他装在一个小木框里，有着黑色的皮肤和深陷的眼睛，好像他生前是多么遭罪，现在装进木框里还是一副悲惨的模样。他的衣服领子上打了一个补丁，扣子缺了一粒。头发还来不及剪短，有些偏长，并且蓬乱。

“你怕吗？”我转头问小宁。

“你呢？”小宁毫无主见，脸上的惊慌掩饰不住。

“就住这里吧。”我对妇人说。

她将我们带到楼上。这是两间不小的房子，她打开第一间房子的门。“你住这里。”她望着小宁说。

她再打开第二间房子的时候，一股草花的香气扑向我。这是半年前的一种味道，我记得，它曾经是一朵兰花，躺在信封里被我拆出来。

“这间房是我们以前住的。现如今他挂在墙上，这儿我也就不想住了。唉，跟你说这些起什么作用。”女人打扫了一下墙边的桌子和条板上站着的兰草。我看见她的手拂过兰花，背对着我，“这是他去年年初栽的。今年开花了。是不是很香?”

“你保重身体。人死如灯灭。”我原想安慰她，谁料说出来的话这么绝情。

“你怎么流眼泪?”女人指着我的眼睛。

“没有。”我否认。

小宁递给我一张纸。

晚上我睡不着觉，心里有些恐惧，十五瓦灯泡的光打在墙上，条板上的兰花因为灯光的缘故显出一片古旧的神秘。窗外又在落雨，沙沙响。我感到一阵害怕，仿佛自己正躺在蒲松龄的《聊斋》里。我立刻起来，推开窗户，外面空气清凉，四面灯火阑珊。一些小孩在夜间嬉戏的笑声撞进我的耳朵。我确定自己站在他所在的镇上，而非《聊斋》里。可是，他永远不会像书生一样飘进我的门，站在那里给我道一句“小生有礼”。

我又陷入幻想了。自从分手后，我总要幻想自己是《聊斋》里的人。我希望他会在某个时刻飘进我的窗口。

我合上窗门。刚坐到床边，听见一阵短促的敲门声。

“你们要喝开水吗？”是女店主在说话。

“要。”我立刻给她开门。

“我们这样的小地方很少有人来。你不是第一次来吧？”女人平静地说，脸上依旧没有笑容。

我放下她倒好的开水，实在想不出怎么回答。

“那个，是男朋友吗？我看不大像。”女人似乎很想和我说话，虽然不带笑容，与白天相比却判若两人。

在这样的地方，我没有熟人，她大概有熟人也不想说她的心事，我从她的神色里捉到一丝孤独。

“他不是我的男朋友。我的男朋友在那座山上住着，和他新婚的老婆。”走到窗边，我将那座山指给她看。对陌生人说心事，可以随说随丢，是一件没有负担的痛快事。

“为什么没有去？都到了这里。”

“突然不想去了。”

女人搬了个凳子摆在窗前，我们一起坐了下来。她准备好了听我的往事，但我没有想要说下去。眼里有些刺热，我赶紧仰着头。

房间静了好一会子。

她站起身，靠在窗前，说：“我就是忘不掉。”指着远处一盏灯，“也是像今晚一样的大雨——比这场雨还大一些。也是这个时辰。他躺在煤堆下。我指我死掉的男人——挂在墙上呢。”女人抱紧了双肩，说话的声调像一只夜鸟的孤啼。

“你一定很难过。”我说了一句世界上最白痴的话。以我往常的智力，应该会说：“你的孩子多可爱呢，你看看。明天一定可以天晴，你一定要相信日子会好起来。”

我信吗？我问自己。墙上挂着的人不会因为天晴再活过来。

我感到一阵绝望。

“他一天要做多少活？我算算。算不出来（叹气摇头）。我的男人是一台机器。不，是一头牛。”女人肯定地转头望着我，她紧锁的眉头忽然舒展了一下，“我记得我们相见时他的样子。他穿一身蓝布衣服，一双黑底胶鞋，裤脚有些短，翘在小腿上像个刚从田里回来的泥巴汉子。当然裤脚上没有泥巴。你一定认为他难看。不对，他那天很有样子。我的父母也说他很有样子：实在，舍得吃苦。农村人就要有农村人的样子。我的父母答应了他的提亲。你一定感到好笑，提亲穿得那样糟糕。他有新裤子，只是太随意了。我们结婚后他也是那样随意。现在，”她停顿了一下，低头抹了一把眼泪又道，“……现在挂到墙上也是这样随意。他死前死后都没有多大的改变。有时候我会很高兴看到这个样子——他是熟悉的，挂到墙上也是熟悉的，就像还活着一样。有时候我又很伤心，人怎么会一个样子走到头呢？要是早晓得他会突然死掉，应该让他去拍张好看的照片。可惜了，可惜……”

房间只有她一个人的声音。全世界只有她一个人的声音了。

我沉默着。她也沉默了一阵。

房间里只有她落泪的声音和窗外的雨声。这两种声音都像是树叶上滴着水：答——答。冷寂而悲哀的味道。

我站到窗前，与她并肩。

“我们起初没有房子，可那没有什么关系，我的父母说他这样能吃苦的人不怕没有房子。果然他一辈子都这样吃苦。房子嘛，修好不到三年——我嫁过来十年。

“父母说能吃苦的人一定会有好福气，一定比他们强。我现在想来，这话也不对。我的男人每天起早贪黑在田地里累得像鬼，也不见他累出什么甜头，日子照样是那样苦。我一个妇人，能帮什么大忙？那几年猪也喂不胖——尤其是老母猪，下完一窝崽就胖不起来了，再也胖不起来。肚皮拖在它自己的粪便里，像一片黑抹布。”

女人悲痛怨恨地望着夜幕，眼里闪着的好像不是泪水，而是火。

“一下给你扯这么些旧事情。你看。嗨！”她无奈地看我一眼。

“没关系，”我说，“我本来就没有值得伤心的事。”

我还想知道他们接下来的故事，但又后悔去打开她眼泪的闸门了。

雨小了些，只听见风吹着芭蕉叶响得厉害。她把另一扇窗也推开了。

“看见了吗？那盏灯。”她指着我白天呆看的煤场，“他就在那里做活，做了五年。五年的工钱换得这几间房子。去年他死了。我好像跟你说过了，他是去年死的。我的记性越来越差。”她拍了一下脑门。

“我也记性不好。”我说。

“也是这样的雨天，我正在补一件旧衣服，听见有人来喊我。这样的晚上一般不会有人来。但是去年的那个晚上，来喊我的人是哭着跑来的。他是我的亲戚。他只会说‘清民……清民……’然后摇着手比画。‘清民’是我男人的名字。我的针一歪，手杀破了，冒出一串血花。心里突突地跳。

“清哥咋了？”我这样问是带了哭腔的，心里埋着不好的预感。

“果然是出了大事。我连雨衣都来不及带，冒着大雨跟那个喊话的人跑到煤场，看到煤场有好几个人打着手电筒在煤堆里翻找什么。那晚停电了。我也看不清他们的脸，但我能通过那些人的背影感觉里面没有清民。

“我当时来不及哭。我是把他刨出来才开始哭的。他已经断气了。他的眼睛、鼻子、嘴巴和耳朵全都塞满了煤灰，眼睛因为大大地睁着，被煤灰堵住了，合不上，抬回家洗干净才合上。衣服被山上滚下来的石头砸烂，一些碎肉像泥浆一样淌在地上。血是黑色的——从身体里淌出来还有一点红色，跟着就染黑了。我使劲地想要捂住他的伤口。可是哪里还有伤口！半边腰杆已经砸碎，是空的，另外半边腰杆扭曲，我想抱他起来，刚一起身就听见哗啦哗啦有东西从他的肚子里往外倒。我紧忙将他放下，用手捧着地上的东西往他身上填，也许捧着的是煤灰。我从来不知道人是这种死法。我从来以为人是要善始善终的。我的父母说，人能吃苦老天爷都会保佑。你看它保佑了什么！

“我跪在清民的面前，看着他的尸体哭，哭了一会子就没有眼泪了，嗓子也哑了，心里空荡荡的。我想我是应该多流一些眼泪，但是眼泪淌到一半就这样断了，好像它们也死在我的眼头。”

女人的眼泪此时比先前还多，好像窗外的雨都下在她的脸上来——她的眼泪不够用，雨水续着她的泪在流。

“我没有像今晚这样哭过。在煤场哭断了眼泪就没有再哭了。有几个时候我是想哭，但哭不出来。今天是他的生日，你看，我换了当初和他第一次见面时穿的衣裳。要是我没有娃娃，我就准备穿了这件衣裳躺在这间房子里死掉。或者，我去当尼姑。可是，当了尼姑就不伤心了吗？”她长长地吐出一口气。

我想，我是不是可以永久住下来，住十年八年，等到她的孩子长大我再离开。而这样的生活将是：她面对冷寂的墙壁，我面对空茫的山。我不愿意面对这样的空山，她更不会真的希望我住下来。我们只是因为彼此陌生才坦露心事。

“说了一晚上，我堵在心里的烦闷终于倒完了。你呢？我还没有问你，真的不喜欢他吗？”她指着隔壁的房间。

“不。”我说。

雨又下大了。不清楚到了什么时辰，困意全无的两个人在夜里又聊了许久，直到雨再小下去，她才抽身回自己的房间。

我整夜陷入失眠，躺在床上想了许多事情。

第二天一早，小宁又准时站在门口。他夜里一定睡得很好，精神饱满，眼眉上方的头发已经偏偏地梳过来顺在一边，是个很土的帅哥模样。

“你可以抹点猪油在头发上，这样看起来油光水滑。”我踩了他一脚。

我来到底楼与女店主道别。

女店主的眼泡还有些浮肿，但是精神并不差。她递给我一支粉笔，抿嘴笑了一下说：“妹子，你帮我把‘住宿’写完整，让雨水刷掉半边不好看。你下次来住，免费。”

我在“主”的旁边添了一个单人旁，就像一只肩膀，稳稳撑着旁边的“主”。我第一次感觉到读书写字的用处。

“那家旅馆好冷清，以后不要来。我做了一晚上噩梦。”去站台买票的路上，小宁这样抱怨。

“跟认不得的人有啥好聊的。你知道人家叫什么名字吗？是好人还是坏人？”

我停住脚步，这才想起我们聊了一晚上竟然忘了问彼此的名姓，突然又笑了，不知名姓又怎么样呢？

我跑去老远，故意在回头的时候对小宁喊：“她的名字叫——断肠人在天涯！”

这句话把我自己也酸死了。小宁在背后嫌弃地瞪着。

我们去了渡口。

我们在渡口城边租了一处房子。为了省钱只租一间，单间用木板分出一个很小的厨房，余下的空间只够摆几样小家具。阳台倒也宽敞，有门隔着。

“你就住这里。这么宽的阳台，雨水滴不进来，阳光强烈的季节可能已经不住这里了。你将就一下？”我指着阳台跟小宁说。

他耷拉着脑袋从里间走到阳台，脚下赶着几张纸板，手中抱了一床毯子和棉被。他像个逃难的士兵，极其勇猛又极其狼狈地三下两下搭了一个窝。为了使他的窝更加舒适，他借了我的绿裙子挂在阳台的边缘遮蔽光线。

“好了，从今天起我就是燕子，住在你的屋檐下。”他拍掉手上的灰尘，笑了一下。

我笑不出来。

“你只有去建筑工地了。建筑工地不要身份证。你自己说的嘛。我没有什么好的办法。你有别的办法吗？”过了几天，实在找不着合适的工作，我对小宁说了这句话。

他站在阳台的外面，看不见他的表情。

“好，我去建筑工地。”过了许久，他的声音从阳台传来。阳光正好，我听着那句话感到一阵温暖。

小宁去建筑工地的日子，阳台上的窝一直保留着。那条绿裙子也没有扯下来，任它挂在那里。窝虽然被裙子挡掉一些阳光，但依然有散碎的光点落在上面，挨着阳台的攀枝花树叶也落在上面，有时引来几只鸟雀，在棉絮上留一个不太清晰的脚印便飞走了。这一切看在眼里极其落寞，好在我已习惯，并且享受这有点惨淡的光景。

渡口的街道大多是陡坡形状，像我这样不爱运动的年轻人在周末的早晨或黄昏都不怎么出门，孤守在自己的阳台看风景。

我来渡口三次。一次是在春天，多雨，空气里飘着雨水刷湿的花香。另一次是在冬天，处于山上，并没有走进渡口的中心城市，当时天空飘着雪花，我在山顶看山下分散的城市：楼房像纸盒子一样摆在山脚，弯曲的街道像绳子捆着楼房，也捆着楼房里住着的人们。那时候我下定决心不会住到这个地方来，然而我却违背了这个心意。如今我不仅自己住进了这样的楼房，也把小宁带了进来。

我冲着这所城市的另一个名字而来——渡口。它像是一个出口。我以为是个出口。

我能把自己渡到哪里去呢？它不过是一座城市，白天和夜晚都比我的故乡喧哗。我曾经搭了一艘小船，从这边到那边，发现心境还是一样，只是江水比较寒凉。如果我在晚上站在河边看水，就会有老年的妇女走来与我说话。她说，这里有吸毒的人，不要去酒吧，不要去KTV，不要吃陌生人给你的东西，不要和陌生人说话。她们告诫着我，不要染上恶习，要做一个住在城市却始终保持乡下人品性的好人。

我想逃走，但没有真的逃走。我有点痴恋这些老年人的话，并且，我在某些瞬间，会以为她们不是平白无故地出现，而是命运给我安排好了的，是在这儿摆渡的人——她们教我在渡口要这样生活，在渡口以外也要这样生活。我因此留恋江边的风景。起码要让人以为，我仅仅是留恋江边的风景。我假装不在乎那些告诫的话而使她们对我关注得越多。

我偷偷去建筑工地看了小宁几次。

他和别的苦力没什么两样，在太阳下，他们的肤色和面貌是一样的：弯腰驼背，头发脏乱，衣衫破旧，如果他们停下来休息，垂在身前的手必然有些发抖；当他们扛着重物走不动路了，嘴里就会喊出劳工的号子。我躲在离小宁五十米左右的地方，这里阴凉，有树叶落在地上，我踩上去，就像踩响了一声一声的号子。我停住脚，呆立着动也不动。我仿佛看到这些喊号子的劳工的妻子，她们住在缺水的高山，扛着水桶去山下取水，绳子套住脑袋，水桶站在背上，走不动路了就唱山歌，应该是取水的山歌，她们走一路，水花就从背上跳下来。这时候我突然想到爱情，想到劳工们的爱情，他们喊号子，她们唱背水调。一唱一喊。

可小宁没有人给他背水。在我看来，他是孤单的，他的号子也孤单。我侧着耳朵，差不多可以分辨他的声音：沙哑，无奈，倔强，委屈，忍受。

他为了谁在奔命呢?

“小宁……”有一次，我突然出现在他的面前。

他扭过头，狼狈地揩一下脸才转身和我说话。不过七八天时间，他变得黑瘦，就像病了一场，手心全是水泡，有的水泡已经破开，露出一层新鲜却粘着泥巴的嫩肉，有的结了茧子，粗糙地缠在指节上。

我想喊他回去，换一个工作，但没有说出口。我不知道处处需要文凭和身份证的厂子谁愿意开恩招他。虽然我认为看文凭和身份证是多么幼稚的行为。但没有这两样东西，你很可能找不到工作，即使找到工作也是最低等的工种。与建筑工地又有什么区别呢？当你拿不出本事证明文凭是无用的废纸，那么你就只能傻兮兮地亮出一张文凭。

“没关系，我可以坚持。”他安慰我。

可是，他终于不能在建筑工地坚持下去了。半个月后，他疲惫地回到我租住的地方，摇摇晃晃走到阳台观察了一下，说：“窝还在。这……我暂时在这里住几天，看看有没有别的工作可干。那里实在太累了，吃的像猪食！”他抱怨着，然后认真整理他的窝。

在窝里住了两天，小宁还是没有要去建筑工地上班的意思。我每天从理发店下班回来，都会听见阳台上小宁的歌声——啊，我的那个土妹妹，请你不要为我担心，这个世界复复杂杂，我会好好保护自己。

“你保护哪个土妹妹呢？”我跟他开玩笑。

“你。”他回答。

我们偶尔去逛夜市。夜市上有卖小吃的人，因为摊子处于陡坡地段，摊车脚下总会垫着几块小石板。

不知道为什么，我突然对小宁有点反感。晚上也不和他去夜市，下了班就把自己关在房间，要么看书，要么胡思乱想。

有天晚上，我实在睡不着觉，摸着兜里的票子感到一阵绝望。我为什么不在阳台栽上一株喜欢的花草呢？这时候天气温度适中，正是秋季花开的好时节。可是那只肥燕子，他的歌声总在阳台传来。他的饭量那么大，喝水那么多，鞋子那么臭，袜子还摆在枕头上。我突然觉得他的情书充满了一股脚气味，逃难时为我遮挡雨水的那只手也不可爱了。

但是他依然在写信，即使他没有换洗的袜子和衣服，没有一双像样的鞋子，每天还是照样要写信。他不知道我已经很不耐烦。信从阳台的窗缝里卡进来，啪地落在地板上，像一声沉闷的冷笑。

我打开信，照样还是要看信。信的内容大概是我每天可以亲自看到的（想象的除外）场景：

那树上的叶子像是我的命运。这时候，我想做个诗人。

你知道吗？我一生都想住在这个阳台上，这样可以一生给你写信。给你写一生的信是多浪漫的事情呢。我想想就很开心。

我昨天看见树上又落了许多叶子。你上次说它有好几个名字：攀枝花，平民花，木棉花。我喜欢喊它木棉花，这个名字有一种温柔的味道。

胶桶里快要没有米了。白菜还有一棵，葱还有，盐巴快没了。

我发现正在与你过柴米油盐的日子。虽然隔着一道门，我还是感到我们像一对情人。你觉得呢？

我实在忍不住了，给他回了一封信。信中有这样几句话：不为了别的，为了能养活你自己也该去。不为了养活你自己为了我也该去。不为了我为了你将来的她也该去。难道写这么多的信只为了抒情吗？你不可能一辈子躲在阳台写情诗。没有人会有这样的幸运和闲散的时间。

于是小宁又去了建筑工地。

小宁又从建筑工地回来是在一个早上。他的衣服比之前还脏，破了几个洞，手上有伤。头发因为粘了一层泥灰看起来简直是一蓬枯焦的乱草。我拉开门见他的一刹那，感觉立在门前的是一只被打劫的活鬼。奇怪的是，这回他穿了一双不是他的半新不旧的皮鞋回来。

"哪里来的？"放他进门后，我像个家长一样指着那双皮鞋追问来历。

他装作听不见，闷闷地走到阳台，蹲着想什么心事。

我很想骂他，但忍住了。他默默地脱下鞋子摆在一边，袜子破开的洞口里钻出几个脚指头。

"你怎么落成这般田地？"我在心里这样想时，忽然感到一阵自责，如果当初我不阻止他，如果那三个老板真的不是骗子，他现在一定不是这个样子。我这才发现这一路的坚持和帮助好像是为了赎罪。可惜这种赎罪也带了几分残酷和绝情。我并没有真正帮到他什么，反而开始厌恶他。

"我想要回家了。在外面不习惯。想进好点的厂进不了。在工地干活脏得像只猴子，又累，谁晓得你累呢？过路的女人她们只会看见你笑，不，我不是说只有女人会那样笑，我是说，大部分都是女人在笑。你们女人是最现实的动物。不，我不是在说你。总之，她们看我的眼神就像在动物园遇到一只脏猴子。难道我不是人吗？脏一点就不是人吗？卖苦力就不是人吗？我是人。谁知道呢？过几年会好吧？也许过几年彝族人也可以进好厂，衣服可以不用这么脏了。到那时候我再出来，你看呢？”有一天，他很悲哀地跟我这样说，说完很快就把眼睛避开。

他抱着头，蹲下去，眼望着脚尖。

那双皮鞋他始终不怎么穿，脱下来摆在阳台的角落，连阳光也晒不到上面去。偶尔出门时才会套上那双鞋子，回来立刻脱掉，打着赤脚走来走去。

“彝族人也有进厂的。他们还做到了管理那样的职位。真的。”我撒谎安慰他。但也不见得这谎言一辈子不得实现，也许明天就有了不一样的局面。我们只要努力。我想。虽然这些年在外地遇到的彝族人，没有一个做到管理的位置。他们大多因为背井离乡的愁闷而酗酒，有的甚至躺倒在街边胡言乱语。但我还是相信明天就会有不一样的局面。

“我不信。我没有听村里出去的谁做到管理的位置。你忘了去年那两口子吗？他们在外面找不到好工作，在工地卖力没有拿到工资。他们怎么回来的，他们差一点去卖身，差一点去要饭！差点干了坏事，如果他们不是及时得到帮助！”小宁的声音高得把他自己也震住了。

“如果你想回去，那就回去吧。但要等一等，等到我的工资可以自由预支。大概再等十天。”我平静地说。我不想再讨论那对夫妻的事情。

十天很快到了，我预支了一部分工资。小宁买了一张回州府的火车票。他走的前一天夜里给我写了一封信，在车站道别时才交到我手上。

“你回去再看。好吗？”他又重复那句话。

我望着他的背影，眼睛不由自主盯着他的脚。来了一趟渡口，穿了一双别人的鞋子回去，而他自己的鞋子呢，从此就留在异乡了。我在站台轻声叹了口气，看他走上火车，找到自己的位子，然后伸出一只手在窗边费力摇两下，他说：“再见。”

晚上我打开信，内容空前的少，一共十六个字：对不起。贫穷和懦弱使我不能拥有爱情。

这些话不像是对我一个人说的，好像是对他自己说的，也像是对全世界的人说的。不管对谁说，我确定他可以做诗人了。

小宁走后，我偶尔去阳台看看，那里没有窝，没有旧鞋子，只剩一条绿裙子挂在阳台的边缘。有时会想起那位女店主的话：“真的不喜欢他吗？”

独自在渡口待了五个月后，我又回到了州府。在马道镇找了一份工作。闲时爱去火车站看看，我似乎在等待某个人，又实在无人可等。

奇迹般地，我竟在马道遇见了阿乌拉人。这时候的阿乌拉人披头散发，赤着双脚，欧阳锋似的坐在火车站的台阶上。那个卖烤洋芋的彝族妇人送他一只洋芋。我看见他时，他正拿了洋芋坐在那里啃。

“嗨，你！”阿乌拉人看见我了，他满嘴包着洋芋，惊慌地说出这两个字。他的两只手黑乎乎的，好像是从垃圾桶里捡出来装在身上，这时候他用这两只黑手努力摇摆，嘴巴忙着吞洋芋什么也说不出来。

“啊，你咋变成这样？”我走过去，上下打量他的行头。这可不像去挣大钱的，出了一趟国门的。

“他妈的！”阿乌拉人暴躁地弹起身，剩下的半只洋芋想摔掉出气，但在扬起手的一秒钟转而塞进了嘴巴。

“你挣到钱啦？”我越来越不会说话。他这副模样哪一点像是挣到了钱？

“你说呢！”他斜眼瞪我一下，伤心欲绝的样子，拍拍手上的洋芋皮又坐到地上去了。

“怎么？……”我语塞。

“怎么！被骗啦！被卖进采石场啦！三个杂种！”他咆哮道，像练蛤蟆功一样摇头晃脑。因为说话用力，声带受到一阵影响，他捂着嘴咳嗽了几声。

我还从来没有见过有人这么过分地和我说话，好像卖他的人不是那三个杂种，而是我。

他这种样子实在令人同情不起来。

“你不是说你们一人放个屁也能熏死他们吗？”我冷冷地盯着他的眼睛。

阿乌拉人不看我，眼皮垂下去，头发被风吹起来站在头顶。他感到委屈的脸有些发红，说：

“我们被卖到采石场，那三个人扔下我们就走了（看我一眼，有点羞愧的样子）。我以为男人不会被卖……我以

为……嗨，不说这个，说出去我还咋混？丢先人！”他沉默了一下，又说，“算了，说给你听也不怕，你也不是外人。”

“我们到了那里，负责看守的人像狼一样盯住我们，吃饭或上厕所都盯住。晚上说梦话都会被鞭子抽一顿！他们以为是在商量逃跑。他们不懂我们的语言。哎，但是，还是怪我自己，说梦话说的是彝语。但我不说彝语说什么呢？反正我为此挨了不少鞭子。这些杂种！在那里没有吃过一顿饱饭。吃得最好的就是在火车上，他们三个像财神爷那样大方，给我们钱，随便买东西吃。

“……到了采石场，我们去的几个人都被分开了。把我分在一群陌生人里面。这群人也是被骗来的，整天不说话，也不让说话，也实在没有什么话说，就像哑巴。裤脚都是撕破的，身上全是伤疤。有的人眼睛瞎了一只，另外一只也像没用了，看着你眨也不眨，像死鱼的眼睛，要是你也跟着我们去，那就可以直接被吓死啦，都不用被打死。有的瘸了腿，听说是逃跑被抓回来打断的。那眼睛也是被打瞎的。”

“你听谁说被打瞎了？不是不让说话吗？”

“白痴！不让说话就不说话吗？”他头也不抬地骂我一句，又说，“他们有时也看不紧。只要工地上来了一群穿花裙子的女人，他们就看不紧了，只派几个人站岗，那时候就可以悄声说几句话。”阿乌拉人吞了一下口水，咧嘴笑了一声，把上嘴唇拉得很薄，整个上门牙露在外面。

“你怎么跑出来的？”我很欠骂地又多嘴了。

这回他没有骂我。他抬起头，望着天上的云彩说：“那天晚上月亮不是很白，星星倒是亮晃晃的，云彩也亮。就在这样一个晚上，我和几个想要逃跑的人一起跑了。我来不及找我的同伴。我想，他们自己有脚，如果想跑可以自己想办法。我喊了他们，也不能扛着他们跑呀。那晚石场来了好几个女人，大部分看守都和女人在小房子里喝酒，喝醉了。到了深夜，留在门口看守的人也开始打瞌睡，我们就趁着这个机会避开他们狂奔了出去，可惜没跑几步就被狗发现了。狗那种东西是不讲道理的，它们根本分不清好人和坏人，长了眼睛跟没长眼睛一样，只要哪个养它就帮哪个。好在老子长了一双长跑冠军的腿。

“狗一叫，看守的人全部冲了出来，但我不管狗叫不叫，不管那帮杂种喊不喊，我只管跑我的。我不像其中的几个工人，他们一听见狗叫，慌慌张张，完全失去了方向感，好像听见的不是狗叫而是他爹在喊他！他们往回一看，看见后面追来一大帮人，脚一软就跑不动了。我是凭想象知道后面有很多人在追赶我们，因为我斜眼看见和我平齐的工友扭头往后看，然后就跑不动了。我听见追我们的人在说‘贱种贱种’，也可能是说‘站住站住’，不管说的啥，老子管不起那么多。

“哈，只有我和另外一个人跑脱了。其他人又被捉了回去。我和那个人跑着跑着也跑散了。树林太大。路也不认识。我只好追着天上的一颗勺子星跑。我是仰着头跑的，眼睛望着天，我感觉我不是在地上跑，路也不在我的脚下，而是在天上，我是在天上跑。

“他们想卖我？哈，做梦去。老子要饭也能跑回家！”阿乌拉人走到垃圾桶边，捡起刚才有人扔在地上的一只罐头往嘴里倒水喝。摇晃几下没有倒出水来。罐头是空的。

“你……”我想说什么，但说不出来。

“我啥我？我就是这样回来的。看不顺眼吗？哈，你是没有被逼在绝路上。”他揉了一下眼睛，“我走了半年才回到这里。一路上爬火车，偷东西吃，也要饭。可惜没有人给我饭吃，他们看见我就说我是假叫花子，因为我的头发是染黄的，他们说：‘哪有叫花子还染头发的？有钱染头发还出来要饭吗？骗子！’他们一边诅咒一边向我吐口水，虽然这些口水都没有吐在我身上。哎，反正这一头鸟毛害得我要饭也没有资格。对了，我在逃跑的路上偷了一块猪肉，扛着跑了一路，被那家主人发现了，人追狗撵的，我鞋子也跑掉了一只。还是被追回去了！我最可惜那块猪肉。那家人的狗比采石场的跑得快，也可能我的力气都在采石场用完了。在采石场我跑得比狗快。

“我在渡口要了一个月的饭。渡口的人要好一点，给我一些剩饭剩菜。但也不行，遇着同样是要饭的人也受欺负，我要到的饭还要孝敬老大。他当叫花子也长得那么壮实，干不过他。”他朝手心吐一泡口水洗手，顺便理了理他的黄头发。

“回来了就好。”这时候不能再取笑他。并且，他竟然也去了渡口。说不定就是因为到了那儿，他才有机会顺利回来。渡口，说不定是他人生的关口，设定好了的，他只要在那儿渡过来，一切就好办了。

“到了这里我就不担心啦。这是我的地盘。对了，我今天有人来接，我的一个小弟。你呢？你在这里做什么？小宁呢？”

“我在这里上班。小宁走了。”

“哟，我以为你们早就是情人呢。你不喜欢他吗？”阿乌拉人摊开手，表示不理解。

“不。”我说。其实我想说：“不知道。”

阿乌拉人的“小弟”来了，一个瘦得像豆芽菜一样的混混，女的，皮肤黑得像炭。她走到阿乌拉人面前，很自然地拉住阿乌拉人的手说：“想不到你会被卖。真是……”她的眼眶泛红。

“哟。”我也想笑。

“好吧，看在认识一场的分上告诉你，没有她，我就没有勇气逃回来。”阿乌拉人说完话，牵着女友头也不回地走了。

我一个人站在车站。风冷飕飕的。

两场梦

我发现他的那一刻立即藏起自己的脸，最主要藏起脸上的皱纹。但来不及了。有灯光的通道里，他站在那头，是恰好从那儿路过又更像等待着什么人。他向我走来。

你就是那个人吧？他问。这话说得好像此次见面早已约好。

我说是的，我就是那个人。

你在这里做什么呢？他问。

不知道怎么回答才令自己满意，我因此闭上嘴巴，仍然想着借用不明亮的灯光藏脸。

我没有脸见你。我突然对他说。这句话使我肠子都快悔断了。这是我长期隐藏在心底别人给一百两金子也未必说出口的。我从不示弱，在他面前更不会。

我就知道你会没脸见我。他这么说话真够狠的，脸上挂着很淡的笑。

很多年了，很多年了……我反复地自言自语。他仍然坐在一张残破的木凳上，突然变得有点可怜，有点怀念旧情的样子，眼睛总算柔和地往我这边深深看了几眼。烛火照在他的脸上。已经不是先前那个通道而是一间窄小的房子，屋里的一切除了他和面前的一张桌子，什么也看不清，也许什么都没有，风吹进来是一股空荡荡的感觉。

你怎么也到了这儿，过得好吗？我问。

他什么都不说，给我两声笑。

风吹在我的头上像翻旧账，藏得很好的皱纹被翻出来了。我记得昨天还很年轻。昨天我们刚刚从河边钓鱼回来，一大群朋友当中，我对他说，以后你去哪儿可别忘了带上我。他说好。

从河边回来我就走了另外一条道，不管谁怎么喊，我都没有停下脚步。

现在我要来赴他的约大概是要告诉他，很多年前我只是想走得远远的，并不是真的要避开像他这么好的人。

他坐在凳子上，笑越来越淡，对我说话的兴趣越来越淡。

好啦，我要走了。他说。

不，我们一场朋友，我的朋友那么少了，总要留个联系的电话吧？我几乎牵住他的手说。这个动作使我立刻知道这只不过是一场梦。在梦境里就知道自己做梦已经不是第一回。他站在我跟前，带着一些光晕，只有梦里才会有的光晕。也许通道那儿的灯光和屋里的烛火这两样都没有，他只是带着陈旧的记忆亮堂堂出现而已。

既然你知道这是做梦，那就不多说了。他一边说一边朝着那条有灯光的通道那头走。我紧跟在后面，无论用什么方法都不能跟上。他身边突然出现一个年轻姑娘，俩人牵着手，她冲我狠狠地瞪了一下眼睛。

我立即刹住脚步。突然醒了。醒来在房间里走了又走，像许多个晚上那样突然搬出小桌子，拿出纸笔准备写点什么。我想记下先前与他在梦中的相见。我对他肯定怀有两分超出友谊的感情，而他，在当时对我的心思恐怕不止两分。

如今使我感到愧疚的是，当年应该跟他道别，尤其在后来回乡的某个下午与他在街上差点相遇，我应该打声招呼而不是悄悄躲避。很久以后我才搞清楚，那次相遇的时间，正是他失去父亲没几天，也许那天他的眼睛哭得什么都看不清，才会让我从眼前不足三米的地方逃走。

我在房间里走了又走，仿佛回忆需要大量赶路，我必须加快脚步。

门口有人鲁莽地敲门。

我从不给陌生人开门。

我把门打开了。门口的人让我大吃一惊。“你就是那个人。”我说。

他点头，侧身进门。屋里灯光很暗，只要开的是小灯，亮光就像烛火一样。

听说你住在这里。他坐在我新买的茶几边，斜靠在我本来清清楚楚记得已经扔到楼下的一把旧椅子上。

很不好意思，我说，让你坐在这么破烂的椅子上。

没关系，他用手扫一扫衣袖说，有什么关系呢?

我刚才梦到你了，在一条通道或者小屋里。我感到有点不好意思，这些话说起来让人以为是在怀念旧情人。

谁说这不是梦呢? 他笑着说，一边笑一边往旁边看。我也扭头往旁边看。旁边站着的年轻姑娘让我心里不知什么味道。她怎么跟进来的只有门知道。我明明把门关上了，这会儿却是大大开着。门外吹来的风和先前梦里那个房间的风一个感觉。

我马上相信他说的话。眼前这些景象也是在梦中。我只是从一场梦醒来进入另外一场。

算了，他说，这回真的要走了。他起身，那姑娘立即跑去挽住他的胳膊。

总要留个联系电话吧，我抓住他的另外一只手说。这次好在早已准备了纸笔，原本用来记录上一场梦的经历，现在派上更好的用途。

我在纸上写：1359……那个 9 怎么也写不出来，更让人着急的是笔芯里居然装的不是墨水，而是清澈无色的水，落在纸上的字难以辨别并且很快就干掉了。

你写好了没有? 姑娘不停地催促。

我使劲在纸上写：1359……

他走过来看了一眼，摇摇头说，不要白费力气了。

你写快点，不要浪费时间。姑娘又继续催促。

我使劲在纸上写：1359……

汗水从额头上落下来，我怀疑自始至终我的笔芯里都是干的，没有墨汁也不是纯粹的清水。时间匆忙，我无法立即找到墨水和另外一支笔，所以蘸着额头上的汗水在写。

我使劲在写，竭尽全力在写，无可奈何地在写，顾不得脸上的皱纹在写。

她在催促我。

他也在催促我。

我前面写下的歪歪扭扭的数字干了又添上，添上又干了，仿佛竹篮打水。

算了，你们走吧。我说。我放下笔。两场梦加在一起仍然不能使我写下与他联系的号码。风吹在纸上，把它吹落在地，把它吹出门去。

他们转身就走。我眼睛直直地看着前方，他们的背影在烛火的亮光下像老照片那样模糊。

门外响声挺大，这回真的从梦中醒来，每到这个时间，阳光还来不及照到地面，环卫工就会早早拿着大铲子，将我分不清是东面还是西面的窗户下面垃圾箱里的东西清走。

我从两场梦中醒来，像赶了一夜徒劳的长路。

在人间

一

一个秋天的下午，我在小镇的两座桥之间走来走去。有人给我推销一块五一碗的凉粉，有人让我买她新摘的青菜，我没有答应。

那天我看见嫂子在一家杂货店门口抹眼泪。当然我是走近了才看见她在抹眼泪。

眼泪有时会摧毁一切，但那天我坚固如一座堡垒。我没有想要安慰她的心情。大概我在桥上走得太久了，或者，我刚刚从桥上过来，那儿的河风把我吹得有点头昏脑涨，感官迟钝。

我硬邦邦地说，嫂嫂，你在哭什么？

这个人少找我五块钱。她指着那位杂货店老板。

她的语气和从前没什么区别，只是今天她在流泪，声音听上去多了一丝虚弱。

我和嫂子不是第一次这样近距离说话了。几年前我刚学会骑摩托车，她也嫁给我哥哥不久，就是这样的一天，她来镇上买东西，我们相遇了。她非要我载她回去。我只好载她回去。我的车骑得歪歪扭扭，然而嫂子认为凡是技术好的人骑车都是这个样子。只有老天知道我是靠运气骑车。

那天不知道我们谁走了牛屎运，车子行到一个村庄门口的窄路上，遇见一头拦路的小牛。我慌得头发都要站起来了。嫂子稳坐如山，她相信我的技术没有丝毫问题。如果你们知道我说的这个村子，轧死一只老鼠也会有人出来找你索赔，说那只老鼠是他们家猫刚刚娶进门的新娘，你就不会吃惊我的反应。我老表就在这个村庄吃了亏。他驮着一口新买的锅在这儿遇见一位老人，那天下雨，车轮子在稀泥路上滑来滑去，滑到那位老人身边将之刮倒。于是，那段时间我老表像一个孝顺儿子，在医院出出进进，操心到骨瘦如柴，将老人身上所有的老毛病治好了才请出院。结账时，我老表回家和婆娘干了一架，在他女人的哭声中拿了存折，付完款抱个“0”回去了。

我想到这些舒了一口气。起码没有人找我干架，还有，我没有存折。虽然这可能是最糟糕的处境。

但现在最要紧的是，如果今天碰倒这头小牛，我和嫂子其中一人得去小镇街边蹲着，挂一块牌子，上书：卖身赔牛。对于两个穷光蛋来说，卖身赔牛是最好的办法。我父母和哥哥谁也赔不起这头天牛——天价牛。

我的焦虑半点没有引起嫂子的注意。在我的车头就要撞上牛头的时候，她甚至连下车的意思都没有。我可以感觉到她的腰杆硬邦邦地——比她今天站在我面前说话的样子硬气多啦——支撑在座位上，像靠在一张太师椅上那样身子往后仰着，双手抓着我的肩膀。

就因为她双手抓着我的肩膀，连老天爷也帮不了我啦。条件反射，我来了个急刹车，把车头一扭，我俩就滚到地上去了。牛也跳开了。我们逃过一劫。在众人指指点点的哄笑中，我嫂子脸红红地站在那儿。她想生气。因为那时候她还很漂亮，还没有从公婆那里接手繁重的农活，还没有生孩子，她的腰杆不像今天这样，有点弯。

你真是！……

——那时候她还会冲人发火。

现在为了五块钱，她竟然像个叫花子，守在人家门口抹眼泪。

杂货店老板斜着眼睛不看我们。但我知道他在看。

我感觉我们像是那头小牛。当然，是一头白菜价的小牛。人与人不能比，牛与牛也不能比。

可是，我也不能确定这五块钱是怎么回事，毕竟没有亲眼目睹。杂货店老板斜着眼睛，一脸愤怒又委屈的样子。他在跟别的顾客谈生意，同时又要跟围在门口越来越多的路人解释五块钱的原因。

我确实找了钱。他说。

你确实找了钱她不会哭的。我指着嫂子的眼睛。那双眼睛从我到这儿开始，一直没有间断地落泪。

他就是少找我五块钱了。嫂子向着路人说。

这下让我们为难了。作为路人中的一员，我很能体会和任何一位围观者都经受的相同的烦恼。我看见他们脸上也露出操心的神色，然而杂货店老板最害怕我们这样的神色。可能任何一位处于杂货店老板位置的人都会害怕我们这样的路人。对于他来说，我们每个相貌普通的人都抱着一番高端的理论，因为人在旁观者的角度，口才往往和上帝差不多，这些理论一旦针对他，其结果和“卖身赔牛”一样糟糕。

看得出来，他渴望围观者站在他那一方。可是他大概也知道，我嫂子的眼泪会让他的希望土崩瓦解。就这样，他干脆一言不发，站在那儿等待路人的审判和裁决。

有人说，不过是五块钱而已，你找给她吧，谁会为了五块钱落眼泪呢?

杂货店老板僵持了一会子，终于从口袋里掏出五块钱递过去。

拿去吧，老天爷知道我找没找。他说。

你说得对，老天爷知道你找没找。嫂子接过钱。她把钱卷成一团裹在灰手绢中。

人群散了。我和嫂子走到小镇桥边，她可能哭累了，在那儿买了一碗凉粉吃，用她刚刚讨回的五元钱付账。

你还不想回家吗？你还要逛到老吗？她说。

我笑着不回答。

现在我成了流浪汉，不能骑车载她，也就无从知道她的腰杆还能不能像从前那样硬邦邦地撑在后座上了。

我又回到两座桥之间闲逛，我可以确信，目前我的腰杆肯定比嫂子好。在我靠着桥墩休息的时候，那些疙疙瘩瘩的石沙子没有硌痛我，我几乎像是躺在一张太师椅上，也像刚刚撞完钟的和尚，心情大好。

二

阳光有点火热，我和丈夫在一家餐馆门口遇到以前的朋友，这之前我们几乎没有联系了。确切地说，不知怎么，他就不和我们联系了。

如今狭路相逢，要不要打个招呼呢？

也许应该打个招呼。在这所小镇，我们可以交往的朋友屈指可数。

然而，我和丈夫谁也没有开口。眼前这位青年，即便顶着啤酒肚看上去也相当时髦，而我的丈夫，他刚刚从工厂下班，来不及换掉工衣就被我拉出来吃饭。他也习惯穿着工作服四处走走。我们突然感到有点自卑，这样一种装束似乎泄露了平常生活的窘迫。

正当我鼓起勇气想打招呼的时候，却忘记了这位朋友的名字。我丈夫肯定也不记得，他茫然地站在那儿。处于这样一种尴尬，突然间无法确定从前的友谊，彼此的身份变得可疑了。

胖子——暂且就叫他“胖子”吧——好像根本不认识我们，他的眼睛只瞟着餐桌上的菜单。由于他一副根本不认识我们的样子自然而然走进这家餐馆，我和丈夫也就默不作声地跟进来了。我们选在角落里坐着。这样连电风扇都吹不到的封闭角落，我想只有老鼠和自闭症才会选择。当然现在我们并不是自闭症，就算是，也是轻度的，起码现在我们想跟谁说话的时候，不用痛苦地长时间甚至几个月之前开始准备腹稿。我们确定，从被逼上讨生活这条路的那天开始，自闭症就像感冒病毒，偶尔会复发，但大部分时间它会潜藏，不至于造成伤害。

现在要去跟一个可能是旧友的人打招呼，应该是稀松平常的事。只要我们在脸上摆出笑容，一切都顺理成章了。

那位朋友已经点了好几道菜，他要了一杯红酒，点燃了一根香烟。他还是没有注意到我们。他的眼神像云彩一样飘在别的地方。

“他不会给你香烟了。”我敲着桌子，跟丈夫愚蠢地说了这样一句话。

我想起很久以前，那位朋友遇见我们，非常热情地给我丈夫递了一根香烟。那时候他还很瘦，腋窝里没有汗水，不用选在有风扇的地方撩起上半截衣服。现在他撩起衣服，抬高胳膊，把腋窝晾出来。

“嗨，你还记得我们吗？”我又在心中打起了腹稿。但是这句话并不适合打招呼。它过于自卑，同时又有博取同情的嫌疑，更何况我们为什么要让他记得呢？很多人生来就是用来遗忘的。就在先前，我们相遇的时候，这个结果已经展示出来了。

可是我们太想知道他的状况了。他过得好或者不好。他过得好不好其实与我们没什么关系。从前，他和我丈夫一样，在一家厂子上班，灰头土脸，连喘气都是差不多的味道，那时候我们有很多话说，那时候我们还是朋友，那时候他过得好不好与我们多少有点关系，我们也愿意操心。现在他在一家气派的公司上班，坐在一个不太差的职位上，因为坐在那样一个位置，他的衣服不再是脏兮兮的蓝布衫，鞋底不用拖一块沉重的钢板，这样也就提升了他的自信，使他看上去像一个年轻得势的老板。

他又要了一点红酒。是的，现在他改喝红酒了。

我可能开始嫌弃他了，我感觉自己的眉头紧皱。作为现在被抛弃的从前的朋友（如果从前我们是朋友的话），我们有很多情绪要宣泄，然而，因为无法在这样一个封闭的角落得到及时的宣泄，导致我们喝下许多闷酒，醉了。

我们大概半眯着眼，看到的所有东西都开始晃晃悠悠。“你怎么坐得这么歪？”我丈夫想笑。

真搞笑，干吗要为一个忘记我们的人操心呢？现在好了，我们坐在餐馆的角落越来越像两只老鼠。所有人似乎都在望着这儿。那位朋友好像也注意到我们了。“两只酒鬼。”

他的声音闪了几道弯——不太像他的声音——大概现在他比从前肥，声音经过肉肉的肥脖子的挤压，有点变形了。

他确实看到我们了，但他没有认出我们。

也许他过得不像表面那么风光吧。在醉眼蒙眬中，我们看到他的脸上有一种说不清的失落感。这样说来，我们就没有责怪他的道理了。一个人想过什么样的日子，选择和谁做朋友，那都是经过考虑的。在他看来，也许我们真的是两只老鼠呢？如果是这样，他就会谨记“近朱者赤，近墨者黑”。虽然我们未必是墨，但谁知道呢？起码有些时候，比如现在，他喝那杯红酒的时候，我们总是怀着被酿成酒的葡萄的心酸，怀着嫉妒和不甘。

他选择换掉从前的生活习惯，这从他的装束可以看出来。他竟然系了一条看上去像花花公子那样风骚的领带——如果他把撩起的白衬衣放下来的话，那条领带会像一条完整的舌头夸张地垂在面前。大概那是一条冲他过去生活做鬼脸的舌头——而我们正对着这条舌头。

“骚包。”我好像听见谁这样说——很可能是我自己。

可是，如果让我去喝那杯红酒，味道肯定和他喝到的一样，很愉快。

外面阳光小下去了，那位朋友酒足饭饱，准备离去。他放下撩起的白衬衣，拍拍屁股，掏钱付款，扬长而去。

三

我从中巴车上下来就遇见了我的母亲。她在桥头等了好一会儿，手指间燃着的香烟只剩一小节。

我特意等她掐灭烟蒂才走上去跟她说话。

她和一个中年男人站在一起。由于近视眼的缘故，我没有立刻认出那是我舅舅。

你舅舅给你扛来一只猪脚，你爱吃的。母亲跟我说。

舅舅放下肩上的蛇皮口袋。他抬起头，一脸的黑斑，咧嘴一笑便露出他的假牙。

他快五十岁了吧？我已经想不起来。我对年龄有一种失忆性的迟钝：村边有位去世不久的老太太，她活了很长时间，大概八十岁的样子，在听到她前不久去世的消息时，我还有些诧异，我以为她很久以前就去世了。

舅舅在我印象中，总是年轻高瘦的模样，以至于多少年来，我认为他还比较年轻。然而他刚才抬起头来，真是秋风一度，人已暮年。

不到家中坐坐吗？舅舅说。

我摇头。

我不知道是在对这句话摇头还是对他的变化。一个人活了一把年纪之后，缩水了。他矮趴趴站在那儿，弯腰驼背，手指间燃着一节廉价香烟，头发越来越薄，亮出一面不宽的额头。他和我母亲拉了几句家常，便转身走向灰扑扑的桥那边修路去了。他在修桥墩。

我望着他的背影，望着很多个像我舅舅那样的人，蹲在灰尘里铺路，撬开那些比他们大很多倍的石头，号子从喉管涌出，有如穿梭于芦苇的茫茫苍苍的秋风的味道，汇进了脚下的河水。那一刻我有点伤心和感动。

我立于桥上。这是我从前驻足的小镇，我时常在小镇的两座桥上走来走去，有人为此替我操心。因为在很久以前，正是涨水季节，一个醉鬼爬到桥边栏杆外的墩子上站着，他在那儿大笑几声，先甩下喝空的酒瓶，再把他自己甩下去——干脆利落，毫不含糊。他永远地去了，打捞不及。他下去之前喊了一句震山响的大口号：某某人万岁。这个某某人是他自己的名字。

说不好当初为什么有暴风雨般离开小镇的愿望。现在想来，可能是我没有勇气修桥，也不能像那个醉鬼，来一场英雄般豪迈悲壮的投河。我只是带着几分流浪者的孤寂，漠然地离开这个小镇，到别的小镇生活。

我一定是被什么东西打败了。

也许舅舅和母亲，他们也有到别的小镇生活的愿望吧。我看见那指间夹着的无聊的香烟，掐灭了再点燃，点燃了再掐灭。

可我无法告诉谁，一只蟋蟀在别的小镇，会时常忘记歌唱。

四

邮局窗口站着我的舅娘，十多年不见，想不到她又瘦又黑，又显老，头发像一把火草。

你帮我签名，我不会写字。她转头跟我说。

十多年了，我第一次知道她不会写字，也第一次知道她的名字。

她嫁给我舅舅，好像不需要另外知道她的姓名，我们也就一直不去打听。

我好像也不会写字了，手心冒汗，因激动而心跳加快。我不知道为什么要激动。

她把单据拿过去看也不看，直接递进窗口。反正她也看不懂。

你取多少？窗口传来询问。

全取。她说。她搓着手上的茧疤。然后，我看见她从衣兜里掏出一块手帕，非常旧，大概用了十年，她将帕子摆在窗口的角落，将窗口递出来的小票——5 角 1 角的，甚至有分币——全都叠起来裹进手帕。她背对着我，弯着腰（可能是背驼了），这样一看，就像一把废弃的弓箭别在那儿。

你表妹考上了高中。母亲在邮局门口跟我说。她难掩得意之色，因为她娘家那边总算出了个高中生，也许还会考上大学。

我舅娘把她的全部家产取出来了，准备给她的高中生女儿缴学费。十元以上面额的装在另外一只口袋。

带你们去吃饭。舅娘指着街边的馆子。

我们选了桥头那家饭馆。那是母亲从前打工的地方。我不太愿意去那儿吃东西。

可是她俩几步就把我领到饭馆门口了。表妹考上了高中，舅娘和母亲像两位大功臣，逢人就是一张笑脸，恨不得人人都知道我表妹上高中的事。

我突然感到失落。

从前我母亲也这样高兴过，那是我考上中学的时候。为此她还特意请人给我算命，问是否可以考上大学，将来做什么工作。那人严肃地说，你姑娘会是个秀才。

那人说得很对。多年以后我果然像个秀才，背几本破书四处流浪。

然而那时候我母亲不相信我只是个秀才。她找草药背到镇上卖钱，给我攒学费，又去当店小二，洗碗，端菜，打扫卫生；还去县城摆摊卖橘子，最后跨省去云南某工地挑水泥浆。她要尽她所能帮我改变秀才的命运。当我说，算了吧，我的梦想只是到山外逛逛，她就恨恨地望着我，你逛什么？你以为你是“逛大爷”（我那流浪汉干爹的绰号）吗？

我数学相当差，有一阵子她忙完庄稼天天教我打算盘，甚至有几个晚上差点打到通宵——我打算盘，她打我。我总是学不会。她教我的那些七上八下的口诀我很难将它们正确演算。

吃屎也要人教的吗？她愤怒到口不择言。

她认为一把算盘就可以改善我数学不好的局面，或者说，我因为学会了打算盘就可以改变一辈子作为秀才的命运。

我想起有一天我和母亲走在街上，我要买一件红色有帽子的外套。衣服要三十五元，她只有十五元。她说，算了吧，钱不够。我赖着不走，站在那件衣服面前，眼睛直直地望着。她那天的样子简直像欠了一屁股债的穷鬼，轻飘飘地缩在一边，向我保证等她挣到钱一定给我买那件衣服。

我不接受她的保证。之后，我和母亲走在街上，从这头走到那头，一路上我板着脸不和她说话。她感到难受，也许想哭，我偷偷看见她的脸色灰灰的。为了让我相信她除了十五元钱再没有多的，她掏出手帕——是的，和我舅娘一样，她也喜欢用手帕装钱。乡下很多女人都喜欢用手帕装钱——摆在我面前，让我自己清点那一小扎零票。

你们猜我得到那件衣服了吗？当然。我母亲在熟人那里借了二十元。我最终得到了那件衣服。

我忘了说，买那件衣服的时候，我已经辍学。不久之后我便穿着那件衣服稳稳地当我的秀才，四处流浪去了。

我想说的是，母亲们总是像欠了一屁股债的穷鬼，不管她愿不愿意，只要我们想要什么，她们就会想办法。

舅娘站在邮局窗口前的样子就和我母亲当年一样窘迫。虽然她在取钱，但是她一张一张数零票装进手帕的场景，使我想到秋天月光下独自收麦秆的妇人，披着秋风和清贫，弯腰驼背，她所有的付出都像在还债。

表妹考上了高中，我看得出来母亲并不十分开心。也许她开心的时候一想到我，就不开心了，想到曾经的付出——我们一起打算盘的日子。如果她再使一把劲，也许可以借到比二十元更多的钱，那样我就不用辍学。

后来她相信了命运。所谓命运，就是当年算命先生告诉她的，我将是个秀才。为了证明我当秀才也不会比状元们差，我回家总是一副打胜仗的样子，并且主动转移他们提到的关于辍学的话题。

事实上，我也并不因为辍学而感到不开心。只是后来，频繁地在我的长梦中，我总是梦到坐在小学教室里读书，又突然在梦中惊觉自己已经三十多岁，一切毫无意义，然后醒来。

有很多事情是不能强求的，如果可以，要忘记它们。但有很多细节是需要记住的，比如，我的舅娘，她请我们吃完饭，掏出刚刚从邮局取来的零票付账，那位店老板开玩笑说，哟，好碎的钱。我舅娘哈哈大笑，底气十足但什么也说不上来。

我们从馆子里出来，舅娘骑上她的摩托车走了。听说一旦有什么山货要卖，她就骑着车子奔跑在那条灰马路上，扬尘而来，绝尘而去。她不识字，但算术奇好。

五

小梅把头发烫糊了，跑来跟我说，有什么可救？

小梅刚从农村出来，对这儿的一切都抱着新鲜感。那日看见一卷发女郎，觉得再没有比卷发更美的发型。于是她去了理发店。

那位美发师肯定是新手，或者，从前是烙饼的。

她不仅做了卷发，还将头发染成黄色，真是再糟糕不过了，这“大饼”煎的还是两面黄。

我表示无计可施，又不想让她伤心死，提议将头发染回黑色。她接受了我的意见。

她回来的时候头发变黑了，也直了，眼也直了。理发店的师傅们一张甜嘴（主要是长得帅），她被说得心情愉悦，忘了自己是去讨说法，是去挽救头发的。她又付了第二次钱，回来的路上才隐约觉着上了闷当。

我刚认识小梅的时候，她还梳着两条辫子，穿一件蓝花格子衬衣，像个高中生。

她确实是高中生，进厂想当品管员，却被划到普工队列。 在农村，高中生家长介绍自己的孩子都抬起头颅：我儿是高中生。然而在城市，高中生要和初中生一样，保持低调，坐在流水线上也要和初中生一样，手脚麻利。在城市很难听到谁的家长介绍他的高中生孩子，即便要介绍，也相当简洁：我儿。

我们就是在流水线上认识的。那时候她还单身，我们经常去凤鸣公园打牌，晒太阳，逗流浪狗，听瞎子算命。之后她有了男朋友，两个，一个在身边，一个不在身边。

我告诫她，脚踩两只船会翻。她说不会。

不久之后她的船翻了，她很悲壮地剪了头发，说要从头再来。

我差不多每个月都要跟她借钱，十到一百元不等。虽然她爱烫头发或者买些乱七八糟的东西，但因为有经济头脑的缘故，她的工资总是比我能撑到月底。我从来不知道把钱花到哪里去了。

大概她也看出来了，我的日子过得紧巴巴，所以时不时地，她会邀我去时代广场上面的小巷子吃面，大碗牛肉拉面，或者大碗排骨拉面。吃完面条我们就去凤鸣公园的长椅上坐着消化，那儿有帅哥们在荷塘边谈篮球，可恨的是，他们也谈女朋友。他们竟然是有女朋友的。

她重新把头发染黑后，坐在地铺上，愤愤地端着镜子骂，将那些烫糊了的头发掖到最底下。她的手机响了，我听见她母亲的声音，问她要钱给弟弟上学。原来她辍学是为了给弟弟挣学费。

她烫糊的头发又钻出来了，乱糟糟的，被煎成两面黄的。

六

月光从窗口照进来，就会薄薄地洒在床底的箱子上，这时候我就会想到母亲，早年请人算命，那人翻开《三世书》指着批语对她说：“有衣裳一箱。”

之后她果然有了一口箱子，漆成朱红色，挂一把小锁。

那时母亲还住在窝棚，大风时常光顾，把小锁吹得摇晃。

箱子已经二十多年，旧得像古董，母亲偶尔打开它，从里边找出她的新衣服摊开给我们看。

那是一些年轻的衣服：绣了蝴蝶的牛仔裤、闪着光片的衬衣、口袋上挂着一些小玩意的七分裤。尽是一些时尚女郎们的淘汰品。

现在我已经三十多岁，过了喜欢花衣裳的年纪。我对箱子里的衣服不感兴趣了。可是我母亲喜欢它们。那是一种追溯式的喜欢，她将它们锁进箱子并不穿在身上，就像广寒仙子抛下的月光，是对故乡的可怜的思念，是无可奈何的忧愁。衣服在母亲看来——如果我没有猜错——就是她的前半生光阴，那些年轻却艰苦的岁月。

前半生她的箱子闹灾荒，等我们长大成人，有了闲钱寄给她的时候，她可能突然很想为自己活一回了，尽力做着一些挽救似的弥补，箱子里填满衣裳，《三世书》上说的“有衣裳一箱”才得到实现。可是她无法真正穿得了它们。它们实在太年轻：花哨，张扬。

“有老鼠在箱底磨牙！”

为了去除鼠味，衣裳时常要到太阳底下见光。一根铁丝串着它们。母亲守在闪着光片的衣服底下，像稻草人，像数星星的孩子。

“你的衣服真漂亮。”“你真会选衣裳呀。”不知道这些是不是诚心的赞美，反正她听得很高兴。

她近些年在买衣服上变得非常豪爽。“像暴发户。”我指的是她对于价格的不在乎。其实她不过是有几个零花钱而已，一百两百，三百五百，绝不会多到堪称“富豪”的地步。但是她买衣服的时候，你很难将她归为手里紧巴巴的乡下妇女。她喝醉了一样沉迷于偏贵的衣裳，喊价两百，她给一百八，或者一百八十六。一八六这个数字会让她相当开心，“要发了”。

穷了大半辈子，终于“要发了”。

七

她刚刚产下一子，躺在病床上忍受产后宫缩的疼痛。我们的床紧挨着，像一对战友，讨论刚刚打下的胜仗。

然而现在她最大的难题不是讨论功绩，而是如何解决产后尿不出来的问题。医生发下狠话，再过两小时还尿不出来，就要帮她的忙。

她放下帘子，很快从帘子背后传来嘘嘘声——那种专门给小孩把尿的哨子声。

我独自躺在床上，听哨子声从那边传来，哨声软弱无力，如果不是刚刚睡了一觉，我会被这虚弱的哨声引出困意。

她丈夫像懒蛇一样盘腿坐在一把椅子上。他非常年轻。因为年轻，对妻子所遇的困难爱莫能助。他给婴儿床里的女儿拍照，可能要将这个喜讯传给他网络上的朋友。现在还能保持一点高兴的恐怕只有他自己了。

他们的家人在一小时之前来过。那些人掀开婴儿包被看了一眼，确定家族之中又多了一个女娃，很快就散去了，像风一样快的速度。他们来的时候也很快，把床柜弄得山响。

我听见她的叹气声，“哎，糟了。”她说。

现在谁也救不了她了。这种尴尬的局面我们刚刚在产床上才经历过，对疼痛还有很深的记忆和恐惧。然而我们现在下了产床，要面对新的问题了。

对于她来说，新的问题还不止撒不出尿。就在她的婆婆和小姑子们一哄而散后，她的问题就多起来了。我看见她突然之间像掉入泥潭的复杂表情，望着丈夫的眼睛有点躲闪。但是她也经历过热情包围的时候，虽然那热情明显只是好奇者想知道她肚中孩子的性别而做出来的。那时候我和丈夫在走廊边坐着，比起他们浩浩荡荡的队伍显得冷冷清清，我曾羡慕她。

可是现在我不羡慕她了。她在那儿因为某些问题神情沮丧。她的女儿在哭。她还没有奶水。总之这个倒霉的女人正在经历一场身体的大干旱。

那些关心孩子性别的人永远不会想到给她倒一杯水再走。她没有水喝，却准备在一只便盆上撒尿。

她最终还是靠护士帮忙才尿出来。之后她取掉黑边框眼镜，靠在床头不说话。她的女儿哭得更大声了。如果她生的是儿子，那些人应该会狂奔去买一罐奶粉，可是她生了女儿，桌子上就什么也没有了。不，我说错了，其实是有一罐奶粉，一罐不知道什么地方买的杂牌奶粉，有许多颗粒，用水也泡不开，像结石，像那些人堵在心中的怨恨。孩子的哭声总算引起了椅子上懒蛇的注意。他知道她饿了，可是没有立刻出去买奶粉，也许他没有带钱。他拿着一只空奶瓶站在那儿的样子囧极了："老乡，借一点奶粉给我好吗？"

我们成了他的老乡。

那个喝着我女儿奶粉的孩子总算止了哭声。

夜间我听见她一个人轻声哄孩子，陪产的丈夫呼呼大睡。次日他又来借一次奶粉，说半夜给孩子喝了一顿假奶粉。我很想一脚将他踢到楼下去。第一次借奶粉的时候我们就让他不要慌着还回来，留着用到买了新奶粉为止。我的孩子已经开始吃母乳，不需要奶粉了。他没听。

快到中午，她婆婆来了。大概经过一夜思量，最终熬了一碗粥送来。

她爬下床去厕所，我看见病号服背面尽是血迹。她竟然不顾月子期间，赌气似的在厕所用冷水清洗脚上的血渍，之后回到床边干坐着，无力与我说话，像吃了败仗的小兵。

八

可能他特别想说自己这次挣了很多钱，所以那长方形钱包从裤兜里露出一大半，故意给我们看。作为他的亲姐姐，我应该为他高兴。然而这件荣耀的事情已经过去差不多十年。十年后的现在，他已近而立之年，裤兜里的钱包早已不知去向。他的女儿也两岁有余。正是用钱之际，他竟不去挣钱了。

十年前他是个勤快的少年，十三岁的时候他就显露出挣钱能手的潜质，会挖炮眼，并且四处宣传自己会挖炮眼。作为一个贫困家庭的独子，我父母看到他的表现是充满希望的。

如今他身体发胖，“像一只肥猪”，肚子是个天然的发酵桶，里边装着不少啤酒和老白干，可能也装着山风和灰尘，心情大好的时候可以拍着它自嘲。

我母亲不肯承认她的儿子是条懒蛇。可能世界上所有的母亲都会这么说。“他其实是个很能吃苦的人。”她只能用这样的话敷衍我们。

哎呀坏了，他根本就是个好吃懒做的人，十三岁挖炮眼也改变不了什么。难道我要这样跟母亲说，去戳穿她的苦心吗？

事实上，他也确实是个很能吃苦的人。十几年来他干的活没有一样是轻松的，甚至还带有危险性。

也许他有自卑感。一个小学没有读完的人，常年给人刷墙或者流落于建筑工地这样脏累的地方，肯定很难获得更多的关怀和理解。他永远像个灰太阳，发出蒙蒙的光，站在哪儿都像一个坏天气。如果他不注意像山鸡一样抖一抖身子，灰尘就会呛到别人。

我相信没有人真正说什么难听话，但是，一个不经意的嫌弃的眼神会比难听话更令人绝望。

他除了喝酒的时候话多，其余时间不爱说话，有时我们在路上相遇，竟然像陌生人那样冷冰冰地走过去了。大概人在清醒的时候看什么都不顺眼，也或者我们作为亲人，就像地牯牛，总是在哪个墙角下的灰堆里藏着，偶尔出来透透气。难道还要互相暴露身份吗？我们需要遗忘点什么，在路上走着的时候我们喜欢无牵无挂，连长方形钱包都不用摆出来给谁看。

有一天晚上我们在河边烧鸡吃，河水哗哗流淌，黑黝黝的山林吹来清风，星辰明亮，夜虫唧唧。我们各自选了一块石头当坐凳，玩水，堆沙子，有想回到童年的忧伤。

那天晚上他喝得有点儿高了，拍着啤酒肚用彝话跟他的朋友说："我们这样的人没什么大想法了，家庭又穷，能干什么呢？（指着火炭上的鸡肉）时不时来这儿打打牙祭就不错了。"

那晚我有点诗兴大发，遗憾不会写诗，憋了半天整出一句煽情的散文句子："今天晚上的风很清凉，星星不错。"

我故意装作听不见他的话。他也不看我。

谁也说不准究竟是像他那样在家当懒蛇好还是像我这样当流浪汉好。既然怎么生活都不一定对，那就只能随便怎么生活了。人说到底就和蚂蚁搬家一样，扛着些什么走啊走，跟着长长的队伍，踏着别人的足迹（虽然不肯承认），走到消失为止。

他可能暂时什么也不想扛了，像一只奔波的蚂蚁，脱队在哪个草地上四仰八叉睡懒觉、喝酒、骂人、看星星或者吹风。

那样懒散的日子我也想过。我也想脱队到哪儿做一场大梦。但是那晚星星确实不错，它似乎可以激发人心底的抱负和希望，让人对流浪的日子怀着美好的心情和勇气。更难得的是，在那夜色当中，星辰明亮但并不能真正照见什么，既看不到高高冒出裤兜的钱包，也看不到谁尴尬的扁口袋。我们只听见河水响，听见鸟虫鸣唱。

跋涉（三题）

修鞋匠

她坐在屋檐下像一只老燕子，正巧是春天，石龙镇的春天。她是个修鞋匠，五十来岁，健谈，微胖，有很深的眼角纹，头发开始变白。她的那些修鞋的工具——钉子之类的——像燕子衔来的草叶，粗粗细细，长短不一，稠密地装在一只木箱子里。

这一天下雨，鞋跟尽是泥巴，我脱了高跟鞋坐在她面前，抱歉地指着鞋跟，告诉她这段时间我走了不少“歪路”。她笑。

她接过我的鞋子放在膝盖上，用修鞋匠专业的眼神瞄了一眼鞋跟，然后将那满是泥巴的底皮削去、磨平。她的手指粗糙，看起来相当笨拙，完成这一系列动作却是灵活无比。

屋檐外飘着细雨，我尽量坐得靠近墙壁，靠近她。她半低着头在木箱子里翻找合适的钉子，脸上挂着令人舒服的笑容。

你每天都在这里吗？你老家哪里？我问。

我在这里好几年了，老家在乡下。她说。她抬头看了一眼屋檐，不再说话。她跟我说老家在乡下，却没有具体说哪里的乡下。

我想我们接下来不会再有话说了。就像所有的修鞋匠那样，她帮我把旧鞋子修好，收取应得的报酬，然后我走我的，她继续修鞋。

我们确实不再有话说。她不像电视小品里那些可以高声吆喝“修鞋啊修鞋”的人，如果她这样吆喝，倒可以挑起彼此说话的欲望。但她这个年岁不老不少，声音不高不低，她的神情温顺平和，看上去像一面平静的湖水。她是修鞋匠但不是演小品，她没有高声吆喝的习惯，或者早已过了拥有这个习惯的年纪。她和我说话只保持在两句之内。

虽然没有过多交谈，可她仍然使我感动。一种自然而来不可抵挡的感动。这样的心情只有母亲才能给我。她和我母亲长得不一样，但其实是一样的。她对待旧鞋子的认真和我母亲对待土地的认真一样。她们看上去同样粗糙笨拙的双手，做起事情来总是令人意外的灵巧。如果我母亲也来到这个屋檐下，她一定也是个修鞋匠。

可她毕竟不是我的母亲。她有我母亲没有的勇气。不管她以什么样的理由离开她的土地，她都比我母亲勇敢。我母亲对土地有一种天生的依赖，虽然她抱怨周而复始的农活令她焦躁，令她感觉人生永远是一个样子，可她从来不会真正舍弃她的土地。

但是谁知道呢？也许眼前的妇人并没有舍弃她的土地。她看见我们递过去的鞋跟上的泥巴，无丝毫嫌弃。她身上还保留着乡下人的本质。可她已经不是乡下人。她坐在屋檐下，哪里也去不了。我怀疑她的寡言性格就是因为她离开乡下而形成的，那种我以为的勇敢实际上在她可能是一种忍耐。只不过这忍耐更为强大，更像是一种勇敢。

然而，虽然她停下来，但是她修的鞋子一直走在路上，我因此认为路是从她手里诞生的，或者说，她是我们走在途中遇见的一个长者。她为你修好鞋子，为你铺一段路，你累了，倦了，落魄潦倒，脱下你的鞋子，她就可以从你的鞋跟上了解这一程你走得有多辛苦。她会给你适可而止的珍贵的鼓励，那种带着禅意的深不可测的鼓励就像她脸上的笑容，你完全可以把这笑容当成你母亲的笑容。

妇人已将一只鞋子修好放在一边。她拿起另一只鞋子同样放在膝盖上，用先前一样的工序把坏掉的底子去除。

我们乡下的女人也会修鞋，她们找轮胎底自己修。我无话找话地说。

她没有搭话，只将低下去的脑袋往上抬了一下，抿了一下她的厚嘴唇。我在哪本相面书上看到过，唇厚的女人嘴笨，她们不善言辞，但往往性情憨厚，吃苦耐劳。

雨下得紧起来，我只穿了袜子的脚感到有些冷。早上穿错袜子，我一直抱着一只脚不放。她大概早就看出袜子的问题，很快将鞋子修好，然后递给我。

穿一下看，试试稳不稳。她说。

我站起来走两步。我说稳。在我给钱准备离开的时候，她伸了个懒腰，说，要是在乡下，像今天这样下一场透雨，明天就可以撒菜种啦。

这多出来的不知道是对我还是对她自己说的话，把我的脚步牵住了。

她果然惦记着土地。惦记着土地但是没有回去。我扭头看向她，屋檐下风吹来的雨打湿了她额前的几丝头发，使她的神情有几分苦行僧的味道。

拾荒者

我以为他是个十二三岁的少年，走近才辨出他至少三十五岁以上。夏天的黄昏时分，只要我出门到住所对面的超市购买东西，都会在十字路口遇见他。他似乎只在夏天来石龙镇，推着看上去笨拙但牢固的铁架手推车。他是个拾荒者。身高一米三左右。

我几次看见他都是在十字路口。他一直是那个样子，迈着孩子一样短小的步伐，缓慢地从我身前走过去，到十字路口对面，就消失在人群中，我连他的背影也看不见了。

那一天我又遇见他，同样是十字路口，同样的时间段，只不过这一天他没有收到更多的瓶子和纸皮之类。我停在路边等着他走近。不知道为什么我要这样等着。我并无什么东西给他，哪怕一个瓶子、半块纸皮。他当然不知道我停在路边是等他靠近，因此他走近我显得自然而然。

他像往常每一次走向十字路口那样走过来，他一点也不会怀疑这时候我停在十字路口的原因是想看他怎样走过我身边。我这样的举动无聊而又神秘。

是的，他走了过来——五十米，三十米，十米。铁架手推车咣咣当当，因为没有足够多的货物，它在路上滑动的声音轻便响亮。他走到我的面前来了。他遇见我和遇见别的路人没什么区别。只不过我站在这里的时间不短，他应该感觉到某种意思，因此在走过我身边时，转脸看了我一眼。嗯，一个中年人的眼神，路人的眼神，慌张而带着少许羞涩的眼神。他想表示什么呢？不，他什么也不会给我表示。我只是路人。我不是他的朋友。

红灯亮了，他只能停在我面前。

你这一天收获不行呀。我想这样跟他说，但是没有说。

他看起来表情冷漠，受不得路人关心的样子。我只好偷偷去看他的手推车。那是一架生锈的车子，除了车把手上的锈迹被他磨光以外，铁架子侧面翻出像皱纹那样的皮。他可能注意到我在偷看他的车子，竟然孩子气地转个身，把车子挡起来。他把背影近距离堵在我的眼前。我看见他的后脑勺被风吹出旋涡的头发，像秋天泛黄的野草，令人感到惆怅凄凉。可这明明是个少年的背影，短手短脚，衣服因为贪玩而肮脏不堪。当时路口有一家小店放着《牧羊人之歌》，我被那歌声吸引，认为这背影正是那马背上的少年的背影。正当我这样想着，并且决定跟他说话的时候，绿灯亮了，他从容地走到十字路口对面去了。他一走动，那架咣当作响的手推车就泄露了他的身份，也惊醒了我。

我有些难过，但不是特别难过。像这样每天可以遇见的拾荒者已经把我的难过平淡下来。我只会在那短暂的时间内短暂地自责，像一个人面壁思过，但面完壁，就可以把这件事情很快忘却。我突然明白造物主为何在十字路口摆放一个拾荒者，然后摆放一群人。因为一群人之中大部分是像我这样的过客，我们有慈悲心，但我们站在十字路口和站在别的路口一样，行色匆匆，毫无准备，身上不带一张纸皮，不带一个瓶子，他们有等待一个拾荒者的机遇和心情，但来不及准备拾荒者需要的东西。拾荒者只能走过去，到十字路口对面去。

那天他确实在十字路口捡到几个瓶子，还有一个少年把喝完水的塑料罐子递给他。

秋天和冬天在石龙镇看不到这个拾荒者，春天他也来得极少，但夏天他一定会来。我总是会想起他那辆手推车，锈迹斑斑，经过我身边，经过很多人身边，在十字路口对面的阳光下，发出“知了知了”像蝉一样的鸣叫。

清洁工

难以说清当时为何要走上去跟那个清洁工说，我家中有旧椅子一把，铁的，可以送给你，请随我上楼去搬。

我这唐突的话当然会使清洁工惊讶，他呆了一下，然后转身一边走一边说，你自己搬下来，我很忙。

轮到我吃惊尴尬地站在原地。我吃惊不是因为他的拒绝，而是我怎么突然跟他说这样的话。当时落雨，我撑伞下楼，路过他并且走过去二十米左右折回来跟他提那把旧椅子的事情。我本应该直接走过去，把他先前触动我的背影忘记。

我得说一下背影的事情——为何这个清洁工的背影会触动我。

那是一个晴朗的秋天，我遇见一个和我父亲一样年纪的清洁工。他背着一个灰色袋子，拖着一辆垃圾车，领着一个和我弟弟相同年纪的少年。他们从我身边走过去了。我看见他们的背影，看见那个少年走到路边垃圾桶里翻找出一个易拉罐。是一个易拉罐，不是很多个。他把罐子抱在手里就像抱着一个宝贝。他一蹦一跳走回他父亲——我猜是他父亲——身边，把那个易拉罐投币那样投进袋子。我在那一瞬间特别想掉眼泪，我想起我弟弟跟着父母流浪在远方城市的日子，他也和我看到的那个捡易拉罐的少年一样，在陌生城市的垃圾桶里找出易拉罐去换钱。他还是个不大的孩子，正是贪念糖果味道的年纪。我想到，也许在那时候，他们也把背影留给了那座城市的谁，她站在那里和我站在这里一样，有着同样的慈悲之心却是泥菩萨过河。我就那样看着他们的背影消失在人群。那之后，我没有遇见像那天一样令我动容的背影。

直到我辗转到石龙镇，在我住所楼下看见了清洁工的背影。他的背影和我当年所见的背影一模一样，只不过少了一个少年。我想，那个少年如今也长大成人了，他有了自己的生活目标——他父亲是清洁工不一定他也要做清洁工，他少年时候捡易拉罐不一定长大还捡易拉罐——他们因为各自不同的生活分道扬镳。所以，少年已去了别处，清洁工还是清洁工，就像燕子去了暖和的地方，而屋檐还在这里。

之所以我要提那把旧椅子，是因为眼前的清洁工像我父亲一样孤单，在落着雨的秋天的树下扫落叶。他使我想到父亲当年也是这个样子，他同样扫过落叶和尘土，并且还有着和拾荒者一样的习惯，他把那些纸皮和瓶瓶罐罐收集起来卖掉，换一包廉价香烟或老酒。

事实上也真有和我父亲一样习惯的清洁工，他们是清洁工也是拾荒者，他们大多来自遥远的农村，对生活有着疼惜的态度。他们不愿意浪费一张可以换钱的纸皮，就像不愿意浪费一颗落在稻田的谷子。他们捡这些纸皮和罐子就像捡田地里遗落的粮食。他们弯腰清扫，像一道山梁，太阳架在背脊上，月亮架在背脊上，他们本身就像一片沉默的土地。

但不是每一个清洁工都是拾荒者。他们只是清洁工。他们的任务是清扫，不是到某个住户的楼上去搬一把旧椅子。我受到那个清洁工的拒绝是在情理之中的。一切只是我自己的意愿。他不是我的父亲，甚至连我当初看见的背影都不是，一切已经远去。它们是背影，是幻境，是一条孤寂的长河，经过这块石头的河水已经不是你先前看到的河水，一眼千年，不得比较。

但我对清洁工依旧怀着敬重之心，虽然他们不是我的父亲，不会接受我赠送的旧椅子。他们清扫落叶和尘土时发出的响声与父亲清扫时发出的响声一样。他们和父亲有着同样的乡下人的本质，谦卑，微不足道，但总是给你一种难以说清的感动。我计划搬家但一直没有搬家，正是贪恋楼下园林里一到秋天就传来的扫落叶的声音。那声音沙哑细碎，合着秋虫唧唧，它们是一种声音，也是一首纪念回忆的长歌。

月光落在过道上

月光照在我同学赵优尔的头发上，晚上十点半，他加入了我们这场三个人的聚会。现在是四个人了。另外两个都是我的兄弟，一个是和我同姓的堂亲，一个和我同父同母。我们聊着一年多不见的各种琐事。这是一场无聊却温馨的家庭会议。我们讨论开春之后是否要买一头耕牛喂养，然后将它卖个好价，据说一头大牛顶得上外面工作的好几个月薪水，如今这种形势，牲畜的价钱越来越好。

如果我的同学赵优尔不加入的话，讨论很快就要结束，我们的话题也不会再扯多远。

他是个优秀的学生，我记得清楚，虽然二十多年过去，他身上还保留了小学生的纯真和执拗，即使手上没有握着书本，仍然可以从他的眼神中看到那股书生气。假如他不打开那瓶啤酒，用古老的祭祀般的手法甩远瓶盖，我们将很难发现，这个人所透露的不仅是书生气，还多了几分忧愁。

他有话要说的神情在提示我，这场仿佛是巧遇般的相逢可能早有预谋。他或许是知道我回来了，所以要造出一个机会，打开一瓶……这样吧，我们说它是断肠酒，不说是啤酒。然后，我将会听到一些发自肺腑的话。一定是这个原因，我猜测后得出的肯定使我加重心思地观察他一番。

这一细致的观察使我心里无由升起一股愁闷。虽然山民打扮向来随意，穿得破烂或者肮脏都不算稀奇，可我的同学，他浑身上下的气味给予我的感受就是：一个万分落魄的幽魂一样的人。

这么说毫不夸张。我总是透过外在看到人的灵魂，或许是一厢情愿地看到，并非真实，但仅有的哪怕一分一毫的信心就可以让我咬定，看到的一切必然是真实的，他一定就是这样一个人。所以，当我认为赵优尔是忧愁和落魄的，他便再也无法从这个“身份”抽离。

之后，他表现的情绪越发接近我的想象。

坐了差不多十分钟，他说话不足十句（当然，小的时候也言语不多，十分木讷），酒却一口接一口。

他早年给我们留下的纯真羞涩的印象在模糊，眼下无比清晰的，是一个更加胆怯和自卑的人。

不过，好在他的英雄气时不时要冒出来——那种长久习惯在生活中挣扎的勇气。我不算是个感性的人，经久的漂泊使我对很多事情感到麻木，尤其对人与人之间的交往，我以为没有谁能十分交心，没有谁会有兴趣倾听和了解对方的生活。但是对于眼前的赵优尔同学，我忍不住要细致地去打量，就像照镜子，然后望着这枚镜子一阵苦闷和心伤。我觉得，在他身上流失了什么，在我身上也就流失了什么。他总是给我带来一股愁闷的情绪。

我说，你过得好吗？

他举起酒说，来，我们干一杯。

干完一杯，我又说，你什么时候学会喝酒的？

他又拿起酒瓶说，来，我们继续。

恰好今夜月光清朗，他一定是在山路上骑车奔跑，山风幽冷，心下拥堵，突然需要听众，于是便到了这里。有的人对坏的遭遇憋闷二十天需要倾诉，有的人则可以隐忍二十年。 今晚，他看到我在这儿，一个长久不见的老同学，恐怕没有比这更好的听众了。

我们彼此感到幸运，三瓶啤酒喝尽。

时间就在这样的沉默痛饮中流动，月光照在他的头发上，仿佛黑色水面上的反光。

接下来，如我所料，毫无悬念地听到这二十年在他身上发生的事。为了记述方便，也为了让人更能贴近他的心情，我要用第一人称完成他的讲述，请相信这位同学的口才，他的话我们任何人不需要加工，也无法加工，这只能是一个熟悉的老友对他个人在隐秘时光中的遭际的回想，而我，怀着无比深沉的着迷。

我们竖起耳朵，像从前听外婆讲故事那样认真地将注意力集中在年轻的同学赵优尔身上。

他说：

我被蛇咬了脚后跟之后，过了没有几天，躺在草窝里睡觉，又被一条小蛇将脑袋咬了。好在它们都没有毒。大概从那时候开始，我就隐约觉得——很惊恐呀——这辈子的运气要么逆天的好，要么就是坏透了。现在看来是坏透了。你们不用安慰我。这种事情我早在十多年前就已经想清楚了。

你呀，你是知道的，上小学的时候，我们一个班——我们是一个班吧？对，那就是了。我的成绩还不错呢。对，你没有记错，我一年四季只穿凉鞋。那时候我的家境坏得不行，我父亲的脾气也坏得不行，他酗酒打人，不顾儿女，母亲真是一个可怜的勤劳女人。

我胆怯怕事，对那些欺负我的同学逆来顺受，其实他们不一定是我的对手，但从他们每一个人身上我仿佛都可以看到父亲粗暴的影子。只要那些人撩起袖子，我就觉得是父亲的拳头落在脸上。我不敢还手，从不还手。

在这儿我要郑重地说一句，童年时期受到的伤害是会影响人一生的。

我至今对父亲感到恐惧。一边恨他一边怕他，一边又放不下我们之间的父子之情，尤其看他一年比一年衰老，我的那些情绪就更无法找到发泄的出口。我脑袋这么大一定是里面的东西装多了。

总之，只要父亲一喝酒，我就浑身发抖。虽然现在一个指头就可以将他放倒，却无法在精神上战胜他。我的一生都对这个人感到恐惧。他给了我生命，也同时给了我恐惧。但就是，谁也不能给我理由——老天爷不能，在座的不能，任何人不能，包括我自己也不能——战胜这个人。他就是这么逍遥自在，老到走不动路我还得背他，我一边背着他一边恐惧他：我背的是个炸弹！

这样的成长经历使我内心幽闭，毫无主见。读到大专一年级的时候，父亲说，你回来吧，老子供不起了。于是我便回来，将原本用来做学费的钱孝敬出去，作为他长期喝酒的款项。

如果我坚持上了高中就可以了，可以上个好一点的大学，完全可以坚持已见，绝不退学。就因为我没有上高中，考上的学校是个万分普通的学校，又因为家庭原因，退学算是心甘情愿。这一点我倒是没有什么抱怨，如今也不怎么后悔。

十多年前——啊，真是见鬼了，我记不清是哪一年——我的女人死了，给我留下两个孩子。这个可悲的女人，她和自己的母亲死在同一天。那是个清凉的早上，大概因为之前下过一阵小雨所以感到清凉，当时天还没有完全亮开，我们都没有起床，有人来敲门报信，告诉了她母亲死亡的消息。

她很伤心，眼里却看不到泪水。天还黑着。

我站到她的旁边，突然感到心慌，我隐约觉得，一件不好的事情要发生了。如果当时我使劲让自己清醒，真是很难过。我听了来人的报信，知道死的是她的母亲而非我的母亲时，竟然可耻地在心里庆幸了一下，然后，我便迷迷糊糊地继续梦游般地发了一会儿呆，直到发觉我的女人半天没有将打开的房门关上，一股冷风将我吹醒。

我头脑醒了之后，咂一下嘴，睡眠一夜后的口腔中顿时冒出一股奇怪的味道，或许是牙龈出血又加上正常睡梦中因消耗太多水分而分泌的苦味，我也懒得说话，只是继续咂了咂嘴。

冷风几乎将我的汗毛都吹翻了，我感到一小阵子不高兴。终于对她说，你关了门吧，风太大了。

她只是转过身，让门依然那样开着。她肯定看了我一眼，因为，我没来由地觉得是有人用眼神杀了我一下。

我意识到自己有点过分，这个女人，我的女人，她刚刚失去了母亲，此时任何事情都不应该再令她分心，应该让她尽情将悲伤灌溉在关于母亲的任何一丁点往事上，让她最后再怀念一下活着时候的母亲。我便自己跑去关了房门。

接下来，天还没有完全亮开，我打算将身子像煎饼那样在床上再摊一会儿。

可是她突然从黑暗的房间里冲出去了。

这是我第一次见她这样，疯了一样。

我们住的地方很陡，你知道的，四周全是深深的野草和各种扎手的刺，她胡乱地、仿佛眼睛看不见东西、慌不择路地从那些杂草当中跑去。往上跑。往左跑。往右跑。孩子们也醒了，他们完全不知出了什么事，却突然像是感觉到母亲遭遇了什么，张嘴就哭，一个比一个哭得响。

我只好左手抱一个右手抱一个——说起这个我至今感到羞惭，在当时那种情况下，我心里想到的竟然是，眼前这副景象与黑旋风李逵差不多，只不过人家左手一把斧头右手一把斧头，而我左右都是孩子，看起来无比郎当，心下有点委屈和不甘——我带着他们追出去。门也忘记锁了。

我的女人跑起来很快，即使陡坡，即使一双穿 35 码鞋的小脚，往常走路永远掉队，这次却狠狠冲在我的前头。我在后面喊，你等等。她不作声。我在后面想，即使你死了母亲，也可以稍微放慢脚步，不管你用怎样的速度冲到现场，一切都是定局了，改变不了什么。她不知道我这样想，也就保持先前的速度把我越甩越远了。

我几乎从未这样认真并且悲观地追在一个女人的身后。我很希望她回头看看，我一个人，一只手抱一个孩子，非常狼狈，甚至非常可怜。她向来是个善良的女人，对我体贴关怀，而且因我脑子里装着的那些外人不屑一顾的知识感到骄傲。只有在她面前，我才能始终保有一点知识青年的尊严。她相信有一天，我会带着她走到山外，远离黄土和山风，去过像样的日子。

以往就有人笑说，像赵优尔这样的，除了在这个地方算是学识渊博的人之外，真是手无缚鸡之力，干活虽然精巧细致，却也太慢条斯理了，简直是在浪费时间和生命。我的活确实干得挺慢，慢得让旁观者替我着急。

生就了这样一种缓慢性格，我从前以为，也不是什么坏事。慢有慢的好处。现在我体会到慢给我带来的坏处了，简直是灾难！

一开始我用力追她，后来干脆放慢脚步。我是个清醒的人，相信生死有命，也知道这场赛跑已经输定了。

当我走到那儿，我的女人已经第五次哭到晕死，她面色惨白，被人掐了无数次的人中，鼻孔下方已经看得见一点破皮和淤红。我赶紧将她劝阻，当然，也不能太过于劝阻，毕竟这样的时候，面对自己死去的母亲，需要无比悲伤的情绪。

亲戚们眼睛红红的。所有人的眼睛都是红红的。我感到无数的眼泪在汇集，在我的面前形成看不见的暗河。

你们不要笑，不要怪我用了很多形容词。这种事情少了细致的形容你根本无法想象。

然后，我可能喝了酒。反正应该是喝了酒。因为，后面的事情我就有点模糊了。当有人恐惧万分地跑来摇着我说，天哪，要命啊，你的女人喝药了！

我简直不能相信，并且以为这是个玩笑，我的女人为什么要喝药呢？

但是，她喝药了。

并且喝了整整一瓶，简直铁了心。

我摇摇晃晃跑到那儿，望着那死灰般的脸，听着最后一句遗言。我忘记她说的是什么。

就在那天，灰沉沉的早上，我的女人去参加她母亲的葬礼，然后悲伤过度决然喝下毒药。我带着两个孩子，站在她旁边，半天想不明白到底哪里出了错。

后来我想，是不是因为我们总也实现不了的“到更好的地方去生存”。“像你这么好的文化。”她从前总是这样说。但这又不太可能。我们一向不强求任何事。何况，我跟她说过，有很多地方的生活条件还不如这里好，我不是完全没有野心的人，不上进，白读书，正因为我有各种想法，才会明白很多事情，看透了，也不过如此。

也许她没有明白。

她可能恰好在那天感到特别悲伤和绝望，对任何事情，包括对我。她发觉最爱她的人已经躺在那儿了，于是自己也忍不住要躺在那儿。

这件事给我的打击……你们可以想象。原先我以为只是死了她的母亲，生死离别与我还有一步远，但是很快，事情就变了，死了我的女人。在那一刻我似乎也搞清楚了，那两条蛇为何咬了我的脚后跟还不过瘾，还要咬我的脑袋。它们是在提示，如果我长此以往，不对自身做出改变，那么，就是这样了，它的意思就是：你个倒霉蛋！

从那之后我开始戒酒，无比认真地思考关于生存的问题。我干活开始加快速度，当然，仅仅保持很短的时间就放弃，生就了的性格，即使蛇咬了全身上下也不能改变。倒是戒酒这件事下了狠心，戒了差不多十年。这期间我去外面打工，有一回，工作迟迟没有着落，我便睡在桥洞底下，被人当成神经病、流浪汉、疯子，有时连着一个星期吃饭都成了问题，喝水充饥，瘦得快要飞起来。我不知道自己怎么过来的。有时我感到很艰难，却必须活下去。我想到，有个女人不是直接因为我的原因喝药，却是因为我的原因留下两个孩子，我必须为此活下去。

后来我又再次组建家庭。逐渐地，我又开始喝酒了。

就在最近的两年吧，我重新喝酒。我想通了，有的事情并不是戒酒可以解决，何况，酒是不可少的。

说到这个，我又要操心了。现在我已经不去追想前妻自杀的事情，这事情无法得到答案。每天都有人这样那样死去，人的心情到了那一步，她自己也控制不住吧。也许现在她每天都在研究怎么活过来。

我们来说点别的话题。

你不是写很多东西吗？我一直关注你，即使我们不联系，也无过多的、像今天这样的谈话，对你的基本情况还是了解的。这些年你去了很多地方，有了眼界，作为我们民族的一个普通女性，能走到眼前这个地步，我觉得还是可以的。虽然我也没有看过你写的东西——网上有，我知道，但我从不上网。

为什么不上网？是这样的，我要保持立场，我不能受到不好的干扰。人在清静的时候头脑才是清醒的。很多东西我觉得很虚，我拒绝那种虚的东西。任何东西你接触多了，再往深处一琢磨，都是虚的。

来，再干一杯。啊，天色很晚了，你们困吗？

你们说我为什么不竞选个哪怕村秘书？以我的文化程度和今天晚上这样的口才？别开玩笑了，我们不要谈这个。

我现在仅仅是为了生存。你们说的这个我不感兴趣。

随着赵优尔同学的两声咳嗽，谈话暂时停顿，他慌张地用牙齿咬开另外一瓶啤酒的盖子，却迟迟没有递到嘴边，而是将瓶子稍微倾斜过来，向我干杯。

我只好再次拿起酒瓶子，才发觉瓶子里一滴酒都没有了，空得那么彻底。

他咣当碰了一个响，仰头一口喝了大半。

这种猛酒喝起来豪爽也醉得快。我想劝他少喝，又怕他说我小气，舍不得花一点酒钱。

他确实醉了，从他讲述的跳跃度可以看出，从亡妻说到眼下生存的问题。

我注意到，他的衣服口袋里还装着干活用的手套，手套上面沾满了水泥浆。他最近在什么地方承包了一间房子，做粉刷和场坝地基处理。我早就听说，这位粉刷匠的工作干得见鬼的慢，老板都要急死了。

不过这不影响他在工地上潇洒度日，据说在老板的房前，他和两三个工友杀了几只上好的土鸡，喝了老板一箱啤酒。一旦有酒，他就是潇洒的，任何自卑的情绪都不会在脸上显现。他成为工人当中口才最好，智力超群，看上去胸有抱负、野心勃勃的人。

眼下，因为酒，他已经从我原先认为的什么落魄和忧愁中解放出来，成了一个全新的赵优尔。我不能不从他的“我现在仅仅是为了生存”这样泄气的话语当中猜想，他即使如今还有什么忧愁，也是一个理想主义者的忧愁。他想嫁接这样的理想，希望有人发现他发现的不足，守护他想守护的东西，所以选在这个大月亮的晚上加入聚会。

可现在，夜确实很深了，我的两个兄弟一个躺在靠椅上努力睁着眼睛，另一个干脆闭紧嘴巴，一言不发。

当我们都以为，一箱啤酒喝完之后，我的同学赵优尔怎么也该说一声“打扰了”“再见”之类的话，然后礼貌离开，却不料他兴致不减，只是站起来歪歪扭扭，扶着通道两边的墙壁进了一趟厕所，又回来坐下了。

我的眼皮也想打架，不过这不影响我做出更加没有困意的样子。这个时候相信除了我之外已经没有人会有这样的战斗力。

我兄弟问我，你困不困？

赵优尔替我回答说，不困。

他认为写作的都是夜猫子，像我们这种人，老天爷打造的时候就特别安装了“抗睡眠系统”。

我赶忙点头表示同意，自称精力旺盛，白天不想睡，晚上睡不着。于是我们二人从一知半解（至少我是一知半解）的政治谈到更加一知半解的天狼星系，再到银河星系晃荡一圈之后，觉得这种话题又高又冷，便换了农耕，之后还谈论到社会经济，不过谈到社会经济的时候，由于超出了我一加一等于二的真实水平，不得不逼迫他及时刹住。

后来，他谈到诗歌。

这个话题一下就抓住我的好奇心。在我们方圆几十里的住地，从未有人跟我谈什么诗歌。现在猛然听到有人提起，着实稀罕。

也正是这个话题使我再次仔细将他打量，似乎明白了为何我眼前出现的人会是这个装扮，并且他从未认真对待自己的形象，放任他在别人眼中看起来邋邋遢遢的样子。我注意到那丛头发已经很久没有梳洗，只要随便用手抓一抓，就会在发丛中留下至少四条高速公路般的痕迹。

我说，你也写诗歌吗？

他笑了笑，弯下身子看看脚前放着的那颗石子，大概以为自己就在河边，轻轻一脚踢它出去，石子滚到我兄弟靠着的墙壁旁边。然后，他做出和树懒一样迟缓的动作，慢腾腾伸了伸脖子，略微抱歉地说："那是很久以前的事了。"

那么，总有一两首留下的吧？我很期待，希望他的诗歌恰好带在身边，从口袋里掏出来给我们看。

他果断地回答，诗歌已经不在了。这个东西很早就消失于他的生活中。如今在我们面前的，他强调似的表示，不过是一个为了生存而生存的人。他不再写只字片语。他把诗歌丢进——至少有十年了——灶火。

说起诗歌，他有满腔遗恨，脸上满是愁苦的神色。看得出来，写诗和放弃诗，同样痛苦。

你知道的，有很多像我这样的人，为了生存也好，天生没有勇气也好，纸上谈兵也好，他们不是没有才华，可以说才华还不差，却因为各种原因没有抓住机会，或者是终身没有遇到什么机会，结局就是眼前这样了。毫无起色，身体和内心都不平静，日子过得或许比任何人都不如，唯一拿得上台面的，就是我们的脑子里还装着丰富多彩的东西，还保持着感性的一面，那些被人看成不实际的、脱离了正常生活轨迹的东西。他说，我还拿得出手的，就是像我这样的人会更加理解下一代，让他们尽可能选择自己喜欢的生活和路子。

他这样一说，我深受触动，觉得世间的确有遗漏的黑色明珠，他们受了诅咒般不能发光，心中时有残梦。

我劝他说，不要太在意，我们羡慕的永远是别人的生活。我们每个人都在过别人羡慕的生活。

他摇头又点头。

月光落在过道上，他踩着月光进了一趟厕所。这幅画面突然给了我一些惨淡的想法：一个很久以前的诗人，很久以前踩着这些月光穿过一片秋色渐浓的草林，去山坡上吹他的口琴。我记得他是会吹口琴的，并且那时候他的头发是当时明星们特别时兴的中分，后来又是大背头，再后来是偏分和寸发。虽然有一次他的鞋子断成两截，用草绳穿起来绑住，脚背还让草尖杀出了血，也依然不影响他的气质，他与别的少年不同，从内而外的不同。现在却踩着月光，醉醺醺，样子邋遢，实实在在地只不过是上了一趟厕所。

我那两位兄弟已经困得不行，尤其当我们谈论诗歌这种离他们生活很遥远的玩意时，只觉得两耳痛苦，无聊透顶。为了分解耳朵的压力，两人一直在互相碰杯喝酒，并且尽量把年底去哪座山掏野生蜂蜜的事情一直延长了聊。

我同学赵优尔回来的时候，那其中一位兄弟干脆加入我们的话题，令人吃惊地拿出手机，念了几首他从前写的诗歌。原来，他竟然也是写诗的，即便那东西实在不能叫诗。

两位诗人都觉得今夜的光阴没有白费，遇到知音，有了相见恨晚之意，恨不能再多喝几壶。

可是我们的酒已经喝光了。剩下的空瓶子横躺在地上，感觉有风进入瓶口，有了回响。

赵优尔再找我聊天时，又将话题扯到宇宙行星上面，看来某人跟我说的话有道理。他说人一旦喝醉，整个世界包括宇宙，都是他家的，天下大小事务全都逃不过那两只迷迷瞪瞪的醉眼。

我反倒越发清醒，一是本身没有喝多少酒，因为赵优尔每次跟我干完杯，总是说，我喝完你随意。我就一直这么随意着，保存实力，在这一点上我毫不隐藏，一早就展露了心机，只是赵优尔同学根本不在意，也不拆穿。我猜到这场酒不会很快结束，果然一直挨到现在。二来，我喜欢喝快酒，喝完坐下来不停说话、嗑瓜子、吃零食，或者就这么干坐着也行，但如果前面两杯开头不顺，十分慢，那往后只会越来越慢，和树懒一样，倒挂酒杯，半天不上来喝一口。后者当然对我更有利，往往能获取一个“海量”的美称。赵优尔就是这么说的，他夸我酒量好。

由于我并非真醉，再次回到宇宙话题时感到十分无力。为了显示并非孤陋寡闻，我急忙表示，说自己好像在哪儿看到或者听到谁说，月亮就是一艘巨型飞船。我们的祖先在那颗星球发生战乱——就像如今地球上也有战乱一样——他们吃了败仗（或许有别的解释），为了逃离原先的住地，从那颗星球开着月亮过来了……

赵优尔张大嘴巴，无比迟疑，但还是抬头看了看月亮。

有可能是。他说。

我赶紧接了话说，本来就是，他们开了月亮来拯救地球，那个时候地球还不适宜人类生存，他们要改造这颗星球，用月亮发出的光，使地球上的生物得以存活，直到终于成功之后才从中转站——月亮——下到地面，所以如今我们总是抬头看月亮的时候会莫名其妙地心伤。因为那里，可以说是我们的故乡，也可以说，我们很怀念故乡，想有一天回到月亮上，开着它重回我们的星系。

说到这儿的时候，我突然觉得好难过，不管上面的话是不是吹牛皮，总之我自己仿佛就信了，顿时有了难民一样的哀伤。

赵优尔好像根本没有在意我的话，垂着脑袋。后来才发觉他好像是小睡了一会儿。

我结束了关于月亮的话题，踩着月光也去了一趟厕所。到厕所门口抬头看看，月亮圆滚滚的，觉得它的心情是又无辜又白。

我从厕所回来的时候看到赵优尔已经走了。他走到门口那条斜坡的窄路上，路旁的石头边，长着我父亲几年前栽种的一棵夜来香，花朵纷繁，花香四溢。他伸着鼻子闻了一下说，好香，不由得抬眼也望了望月亮。隔着朦胧的月光，我看不清他脸上的神情。

想不通的是，他居然没有和我说告别的话，也不将瓶子里的最后一口酒喝尽。

但我没有喊他。我也不知道告别的话怎么说。

月光披在他身上，矮瘦的身板，裤脚有些宽，走路拍出响声，仿佛行于水上，周身是蒙蒙的淡泊，却又不免苦涩的味道。他整个人就这样在月光的湖面，漂着。

敛翅者

我们这片住地四季分明，春日草木发芽，夏季百花齐放。草木和庄稼将原本光秃的泥石流痕迹也遮蔽了，有人在滑坡地段种上红薯，那儿简直全是石头，这么做是在考验大自然的生产能力。红薯生长得很好，叶子茂盛，藤子粗壮，石头全部掩盖在根部，表面看去，那简直是不能再肥沃的土地。

秋天逐渐萧瑟，几场大风一过，山林中积了很多落叶，狗屎蜂围着一种叫“破坏草”的林子团团乱转，蝉还使劲叫着，声带尖利而嘶哑，我们有时会觉得它过于拼命，恨不能把从前埋没的声响全部喊出。而秋日赶上阳光毒辣的几天，仿佛夏季还未过去，燥热无比，加上蝉的叫声震耳欲聋，心中只会烦躁，原本对蝉的生命之音的敬佩随之减少。中秋过后，房屋的走廊和院坝里会莫名看到几只飞掉下来的蝉。它们似乎已经神智昏沉，秋日将近，天气转寒，一生眼看终结。几个好奇心重的孩子把它们捏起来装进一只空瓶子。在瓶子里隐约可听到，蝉吐尽了嘴中含着的最后一丝秋天的凉意。落叶纷呈，寻找野生菌的人每一天都会在鞋底沾几片这样那样的树叶回来。冬日大雪来得很早，我们抬眼可见的山峰连接天边钻入云里，我们时常幻想到那里捉野兔，据说入冬之后，兔子在雪地上跑起来笨得真像只兔子。

关于蝉被放入空瓶，我们的朋友马克布是这样说的："一只蝉如果不死在外面，就注定要死在瓶子里。"

马克布还是小孩的时候就已经与我们相识，他家住在那座最高的山峰上，当我们摆出一副没有见识过兔子的蠢相，他就表现出自豪的模样。

马克布的脸颊染着苦寒之地带来的黑红的印记，但这并不影响他是我们当中长得最漂亮的孩子。母亲们总会拿他做例子，说我们这些山腰上的孩子就缺少了那么一点独特的气质，那马克布长得和人参一样好看（说到这儿我们要忍不住发笑，好像她们见过人参似的，父亲们早就暗地里谈论，这些女人大门不出二门不迈，高没见过人参，低没见过火车，他们说，胡萝卜和人参还是有区别的），小小的身板健健壮壮，嗓子更是不一般，张口就来一句……什么……雄鹰在蓝天上飞翔。反正，那马克布将来绝对是有出息的，人看从小，马看蹄爪。母亲们一致认定我们比不上马克布。

她们的话我们向来不怎么听，即使听了很快也会忘记。就凭她们谁都没有见过人参，甚至连火车也没见过，我们敢肯定，一切都是瞎吹牛。

然而，无所谓，谁叫马克布家有兔子呢。

他依然在我们当中极有地位，我们对他居住的地方充满向往。

马克布辍学以后，买了一辆二手摩托车，头发留长了，一件白色夹克衣服总是敞开，有时里面什么都没穿，敞开白肚皮，胸毛，还有那见鬼的乳头，乳头边缘那一小圈被胸毛包围，显得那黑点更黑。他若停下来跟谁说话，会特意将一条什么动物头型的项链抓起来往乳头上一拨，那动作无礼而又……而又引起了嫌弃和骚乱，多少人事后想打他，又实在拼不过马克布的口才。他虽然上学不多，口才却是一流。

这些二杆子举动完全将这儿的老少女人惹怒了，说他像镇上来的那个叫花子。她们更是集体后悔曾经看走眼，马可布这种人，明显是不正常的，太没教养，天生一副邪恶相，怎么能敞胸露怀呢？就算是个男的。嗯，现在她们细细琢磨，觉得马克布不仅像那个叫花子，还有可能精神不正常。这些话我们很快就拿去跟马克布说了。马克布想了一下说，街上那个人不是叫花子，是浪子，浪子和叫花子是有区别的。他说，她们永远也不会懂的。

我们也不懂，我们只知道那个叫花……浪子，还会弹吉他，还会唱歌，唱得摇头晃脑喝醉了一样。后来他就离开了我们的小镇，这儿的人是不会给他钱的。母亲们说，唱几句就想讨到钱可不行，哪有那么便宜的事儿。

山腰上的女人们希望马克布就住在山顶上，永远别再下来丢人了。然而马克布每天去一趟镇上，无事可干也要往镇上跑一趟，总是将摩托车在她们眼前慢慢吞吞开过去，到了十来米远的地方又突然加速，潇洒而去，长发被风吹着，一律向后飘着。

听说他喜欢到发廊里找姑娘聊天，整个镇上的发廊他都光顾了。每一家的姑娘差不多都见识了他的口才。而他也总会跟我们说，那些女孩都是有见识的，她们来自山外，见过很多世面。

母亲们再也不能容忍我们和马克布聊天，执意要驱逐他，命令我们和他划清界限，最好老死不相往来。这真是不可思议。她们曾经说，马克布一看就不是个傻孩子，我们跟他做伙伴会变得聪明。如今又说，马克布是个二百五，我们跟他继续联络，只会变得更白痴。

她们说，一切都是为了我们好。

她们说，不听老人言，吃亏在眼前。

但这已经不可能起到作用。明着不能交往，暗地里可以进行。我们觉得自己比许多活了一大把年纪的人更讲情义。

有一天，马克布邀请我们到他家玩耍。这么多年过去了，他还是头一次发出邀请。

这日傍晚，马克布用他的二手……不，这个时候已经换了全新的摩托车，他用这辆车子把我们一个一个驮到山上。在一间稀烂的房屋门前，踩着各种牲畜的粪便推开了院子大门。

马克布的母亲不在家，父亲也不在，只有一位包着头帕的年轻女人，领着一个小娃娃满院子撵鸡。

我们走进门，略微表示了打扰之意，便像在自家一样四处打探。

怎么样？马克布问。

他自然地敞开衣服，露出胸毛，在阳光下，他的额头特别光亮，仿佛这所破房子还有什么特别之处。

我们说，不怎么样，没有看见兔子。

马克布哈哈大笑，用嘲讽的口吻说，哪有什么见鬼的兔子，从小到大只听他们说旁边的山上有兔子，可谁也没有见到过。我跟你们说，很多话都是假的。全是他们编的瞎话。这些人有忙不完的活，哪有时间捉野兔。这种事情他们仅仅在脑子里想了想，然后当成故事讲出来。为什么你们还相信这种事呢？

我们摇头，表示不知道为什么还是愿意相信。就像此刻，我们依然相信山里有神仙。

马克布一脚踢掉石板上已经干了的猪粪，然后一屁股坐在上面，掏出一支香烟叼在嘴里说，事实就是这样，别说兔子，鬼也没有，他们说有鬼，你们谁见过？

我们伸着脖子往山上看，发现在底下看到的那座高山，此时看去，不过是眼前矮小的一座，往上还有更高的山，那山顶上才像是有兔子的。眼前这座普通至极的山坡，有放牧人赶着牛羊回来，两手空空，脸上只有疲惫和饥饿了一天的神情。可以想象，这儿和我们山腰上一样，到处是人们的脚印，四处充满了对兔子来说的莫大的惊扰。我们在低处看到的钻入云层的山尖，离云彩和天空还有永远不能触及的距离。

我们泄了气，仿佛一个装满真相的气球被一下子戳个洞。

马克布杀了鸡，鸡毛还没除尽就直接丢进火堆里了。

之后，鸡肉出锅，吃完下山。

所有山腰上的孩子们后来都围着我们问，是否见到了兔子?

临走时马克布似乎早会预料到那些孩子的问题，他说，一定要跟孩子们讲，山上是有兔子的。

不知道为什么，我们觉得马克布讲这句话的时候特别温和，也特别泄气。

记不清是多久，反正是很长很长的一段时间，这位玩伴突然消失在我们的视野。母亲们感到无比高兴，她们觉得耳朵和眼睛都清静了，再也不用看那二百五风一样从马路上骑车杀过去。可是这种日子过了大约半年，她们又觉得太安静，于是坐下来谈论那个人到底去了何方。她们跟我们打听，可惜没有人知道答案。

直到一年多以后，马克布顶着更长的头发回来。这一年他哪儿都没去，不过是在附近的县城逛了一趟耗时不短的街。他学会了普通话，学会用外形还算精致的诺基亚手机。不过，手机在山坡上大多没有用途，一是网络覆盖不到位，

二是微弱的信号也确实很要命，一个电话断线几次，心脏病都要气出来。最关键的一点，没有人可以跟他通电话，我们这里的人能用嘴和腿做通信，就绝不会浪费一毛钱。

马克布的手机很快就被淘汰，挂在腰间偶尔取下来敲个薄皮核桃。

他总是一边敲一边骂，不知道是骂手机还是骂核桃，敲一下骂一句："老古董。"

偶尔我们相聚，他会说，如果他是个女人，就去当妓女，往大街上站着，或者站在二楼上，扶着面前的栏杆，从街头看到街尾。

我们问，为什么要做女人，还要街头街尾地看？

他说，这样可以去很多地方。我今天换一个地方，明天换一个地方，世上没有谁留得住我，也没有任何地方困得住我。我想看谁就看谁，想从街头看到街尾，就从街头看到街尾。

我们扛着脖子想了想，他的话好有意思。

马克布的亲兄弟出车祸死亡的消息很快传遍了整个山坡，人们根本不敢相信，一个骑车比他兄长缓慢，时刻谨慎驾驶的人会出了这么惨的事：直接将车子撞在货车头上，弹到路边坎下，血肉模糊，医治无效。而他兄长马克布，整日车子开得和飞机一样快，却从未出过哪怕摔碎一面反光镜的小事。

我们对马克布说，节哀。

马克布说，事情已经发生了。

再后来关于马克布的事情，我们全是听来的。自从他办完了亲兄弟的丧事，便不再与我们任何人联系，即使路上相遇，车子也是疾驰而去。

我们希望被重新邀请上山，这样一来可以了解这段时间马克布是怎么过的，另外，我们也很怀念那次在星空下无比野蛮地杀鸡吃。不过这种想法只是一闪而过，当我们集体说起那个院子里撵鸡的女人，才恍然明白，她对我们并不欢迎，而且是怀着很深的敌意。后来有人告诉我们，那是她养的最后一只鸡。原本她养了很多，想卖掉挣点零用钱，可是从第一只到最后一只全都让马克布宰吃了。虽然这件事情想来有些冤枉，我们吃了一只鸡被定罪固然过于可笑，可不管怎么说，我们确实把她的最后一只鸡吞进了肚子。那天她其实很伤心，就仿佛是，我们吞掉了一个穷困的人在世上仅有的半块面包。说到这件事，所有人的脸通红，为后知后觉无地自容。难怪她那天会一反所有山区女人“省嘴待客”的常态，自己先拧下一个鸡翅膀啃。这举动当时就让马克布觉得十分丢人，他摆出一张生气的脸，但是忍住了没有骂她。我们倒是觉得嫂夫人豪爽，差点举杯向她敬酒。如果她的脸上稍微带出一点笑容，我们就举起杯子给她敬酒了。她始终一言不发，谁都看出来了，她和马克布虽然住在一个屋檐下，心思却是分岔的。至少她的心很凉，像秋天的水一样凉，她的眼睛毫无喜悦之色，因此也就很暗淡，令人觉得夜色不是从天上降下来也不是从地上升起来，而是从她的眼中淌出来的。

母亲们说，那全怪马克布，像他这种人讨个老婆已经是幸运了，成天神经兮兮，哪个女人会和这种脑子有毛病的人合得来呢？会有什么话说呢？

尤其稀罕的是，马克布的装扮变了。他剪了头发，也穿戴整齐。之后，他遭遇离婚，并且很快另娶。

这种事情让人措手不及，刚想安慰他离婚的心情，却又撞上再娶之喜。两件事几乎在一个月之内完成。没有操办再娶的喜宴，消息也是瞒着，也就没有谁去祝贺。

可是我们都想到山顶上去看看。

难道一定要他同意和邀请我们才能重新登上那座山顶吗？这不该是马克布说了算的。

无法回避，我们开始不相信他了，怀疑他有私心，也或者他要摆脱从前的自己，而我们这些人身上早已有了他的影子。这如今是他不待见的。

他要摆脱我们。

他要摆脱我们。

此刻他可能正一个人领着孩子们满山乱转，让他们亲眼去看看我们这些人从小到大都未见过的雪地中的兔子，使他们明白他们和山下的孩子生来就不在一个环境中长大，彼此无法理解、无法体会对方的生活，无法有相同的性情。不过这不是重要的，重要的是眼前的狂欢，他在雪地上和他们一起狂欢，其中有他的孩子也有别人的孩子。他告诉他们，人世间的自由就是兔子在雪地上逃生，跑出去了就是自由，跑不出去就是一盘红烧兔肉。如果他说得够细致，还会告诉他们这种残酷事件的背景必须是茫茫大雪，想要自由的兔子和想要自由的人一样，只有在绝境中才会使劲奔跑。我们越说越肯定，相信他正在给孩子们来一场生动的野外教育，所以，目前的马克布非常忙，他为他的讲述感到自豪，早已忘记山下有什么人，早已重新审视过往的自己，那放浪不羁的每一天，如今在他想来尽是后悔。我们这样猜测时，仿佛看见了马克布的笑脸，他脸上的印记已经消退。他用两只手各自抱起一个孩子，让他们看看山下，让他们差不多像是站在自己粗壮的手臂上，把视线伸出去，伸到树林那边的旷野中去，然后再让孩子们收起目光，重新看看山腰、我们的房屋门前，那条他从前像井底之蛙一样跑来跑去的路。接下来，他会用适当的语气跟孩子们说，如今他哪儿都不去了，就站在高处，这个地段再好不过，既然山下的路顶多去到县城，那就哪儿都别去了。再次望向树林的时候，马克布也许会相信我们曾经说的话："那座山里有兔子也有神仙。"或许在少有的时分，他会想念我们。毕竟有些东西并不是说摆脱就能摆脱。

无论如何，我们已经知道了，马克布躲在山顶的每一天都是高兴和满足的。而我们这种被他疏远的人，只能永远站在山腰上，仰着头，脖子发酸，眼皮发麻，像无数只青蛙望着他那里的青山和顶上的蓝天。我们心中逐渐清明，如今这个叫马克布的人，他确实和从前不一样了，像个敛翅者，将山下所有关于什么"见识""世面""花花世界"抛得一干二净。

然而这实在令人伤心，好歹我们从小一起长大，这情谊不能说断就断，他应该给我们一个说法，哪怕是再次相聚，仅仅为了不起眼的小事大干一架再分开也好。

我们对马克布有怨气，但还是愿意替他出头，不容许任何人说他坏话。因此，我们根本不相信母亲们打听到的消息，说那个曾经最有出息的人眼下正在山上躲着，过他最没出息的日子。

走着瞧，我们说，走着瞧，马克布不是个没出息的人，他只是和从前不一样了，他会回到我们中间来。

顶了母亲们的话，我们很高兴，但也很心虚，不敢确定马克布会不会重新下山，回到我们中间。

有一天，朋友们共同下了决心，一定要到山顶看看。

可是一晃十年，谁也没有登上山顶。不知为何不去，说不出一句道理。

而这段时期，十年的时间，我们当中的人已经不再有从前的热情，以往朋友间的相聚懒得举办，每个人仿佛闭关修炼，足不出户，别说朋友，就是身边的亲人也极少与之打招呼和谈心。我们甚至开始记不清朋友的面貌、声音，包括从前熟知的某些信息也在淡化。

这十年，我们唯一的一次聚会是在冬季，外面下着一场舒缓的小雪，树和房屋一点一点白起来，从清透变得茫然，我们当中有人外出干苦力，选在这一天回到家中。他是去外省做挖煤工人的，下到井里出了意外，全身烧伤，捡了半条命。如果不是因为这个苦命朋友的遭遇，聚会的时机还得另找。

这位朋友已经毁容了，和他坐在一起感觉面对的是个陌生人。聚会一开始就显得冷淡，相互之间的寒暄越说越无味，只好各自不停地喝酒，可是酒也越喝越苦。直到那位被烧伤的朋友忍无可忍站起身，举着杯子——这时候他已经喝醉了——跟我们说：“今天这个地方，我们坐的这个地方，事实上已经死掉两个人了，一个叫马克布，一个就是我。”

他扬起脖子，咕嘟一声，酒像石头砸进喉咙，接着两行眼泪从眼睛里落出。

朋友的话一出，就仿佛挑开了多年蒙蔽在我们这条友情——不，是青春——路上的蛛网。而现在我们用酒杯照，发现每个人脸上都有了中年人才有的斑和深浅不一的眼角纹，眼里顿时起了热浪，但是我们压下了这样的情绪，不再和从前那样，到了这种时候非要找一只碗，每个人都在指头上划一条口子将血滴到碗中，人人喝一口，以此证明我们是“喝过血酒”的朋友，从此有难同当有福同享。可惜喝完之后，实在难忍腥味和恶心以及手指头的痛，只好不顾情面当场将刚刚喝下去的“血缘关系”又全部吐出来，所有人都感到懊恼和羞愧，一边羞愧懊恼，一边责骂谁的血太难喝。

总之，这一次我们克制了情绪，毕竟早已过了深夜提着酒瓶子跟在马克布屁股后面又哭又笑，想学着和他一样疯癫和潇洒的年纪。所有人只是受了触动，突然之间站起来，抢着去握住这位受伤朋友的手，然后伸长手臂抓住旁边的一个。像曾经看到的那篇好读的课文《猴子捞月亮》中的那一串猴子，我们围成一个圆圈，只是围成圆圈，没有人真的学猴子一样倒挂在树上，也没有人喊着割手指。这样牵着站了一会儿，接下来要做什么却没有了主意。

放开朋友的手，我们各自蹲下来，双手抱着膝盖。有人不注意将脚前的酒瓶子踢翻了。这要是放在从前，我们会赶紧说一句："酒是长江黄河，人喝也是喝，地喝也是喝，世间只有情义是无价和踢不倒的。"

这一次我们只是看着酒水洒在地上，那些话在心中像河水翻滚一下，就淌过去了。

我们眯着眼睛看那个烧伤的朋友，他在月光下缩成一团，像苍老的白鹭、沉思的白鹭、冷漠而孤独的白鹭。他的脸上飘着失望透顶的神情。仿佛这天晚上参加的不是朋友间的聚会，而是一场痛苦的丧礼。

不过他好歹是我们当中最热情的人。苦闷一会儿之后，他烧了一堆火，在河滩边，柴火瞬间将河风的寒凉击退，我们原本受风的冷脸暖和起来，面色好看多了。有人甚至展开笑容，聚会总算有了一丝喜气。

我们跳了一支舞，十分随意和自由，看上去跟印第安人的舞差不多。这是马克布从前教我们跳的。

聚会一直到深夜才散，除了那位烧伤的朋友，无人肯主动说起马克布。

可是现在，十年之后，我们又想到山顶去看看了。

母亲们说，不用去看，没有什么好看，去打扰人家做什么呢？正常人的日子就该是那种样子，不下山自有不下山的道理，各有各的路。

也许她们说得对，人是散居动物，碰巧了才相识，如今只是走累了，回到本来的路上。

她们说，马克布又不是鸟，不能总是飞来飞去，他这样过日子才是对的。她们又说，我们这群孩子也和马克布一样变好了，心气不像从前那么冲，甚至比马克布更安分，人就是这样，长着长着就看淡了就无情了，早晚会变成这样的。

她们叹气。

我们摇头。

我们抬头看看天，觉得不是这样的，我们没有变好也没有变坏，仅仅心里那块土变厚了，许多东西种下去需要很长时间才能发芽。也有可能是这样：从前我们以为天上只有一个月亮，人人都有冲劲儿去捞、去抢；如今我们抬头，无论身处故土或他乡，月亮始终还在头顶。于是觉得，世上有多少人就有多少个月亮，每个人头顶都有一个，你看到的是你的，我看到的是我的，很多东西都不用争抢了。所以马克布住在山顶就像是我们的一个月亮。十年前去看和十年后去看，他应该都在那儿的。

可是，我们又一次没有去。

母亲们长笑，现在她们笑起来都很吃力了，喉咙不知道是不是因为衰老而内部垮塌，将声音挤得不如从前那样有力、爽朗和清脆，像两片树叶在风中擦身而过。

有一天我们看见马克布骑着摩托车从路上冲过去。他剃了一颗光头。这使我们眼前一亮，想起他曾经爱唱的一首歌的其中一句：乌溜溜的黑眼珠和你的笑脸。

而现在，我们的朋友马克布，顶着白溜溜一颗光头疾驰而去。

不过这次他是回了一下头的，他看着我们笑了笑。

我已经做好了准备

从我们这个山谷往上差不多可以碰到天空的地方，空气和水草最肥，那儿有人养牛但是耐不住寒冷，牛可以穿着它的厚毛过冬，人不行啊。“人一个卵一条！你比牛还牛吗？”毛大胡子就是这么说的，他是耐不住寒冷回来的。原本他打算在山顶养一大片牦牛，比这儿的野杜鹃还旺盛的一大片牦牛，让那些偶尔爬到那里看风景的闲人望见杜鹃花的时候无法避免地望见他满山的牦牛，让他们对那片盛景来一番赞美，让他们远走几千里还在羡慕他。可惜他干不了啦，他从山顶回来了。

我已经做好了准备。

“我已经做好了准备。”这句话是陈老大说的。是他告诉我们，他已经做好了去山顶养牛的准备。失败是成功之母。何况这个失败是毛大胡子。陈老大说，毛大胡子的失败和他没有半点关系，毛大胡子太老啦，人老怕冷，那样的山顶天生就是给他这样强壮体魄的人准备的。天将降大任于他，必先壮他。陈老大就是这么跟我们说的。

我们无比激动，激动得耳朵都有点热乎乎的，在我们这片崇山峻岭（别人就是这么形容的），任何一个熟人发财就跟我们都发了财一样使人高兴。我们仿佛看到了陈老大的牦牛在杜鹃花旁边，在高原海子旁边甩着尾巴吃草呢！

你是我们当中最有头脑的一个。我们说。

陈老大很高兴我们这么夸赞。许多年来，他说他已经很少听到有人这么表扬他了。

这是个夏天快要过去的日子，山中的天气逐渐转凉，我们是顶着一半热和一半清凉在院坝里——陈老大的家门口——说话。这个家已经修建了快四十年，墙壁表层的泥土正在偷偷脱落，前一阵子有人来这儿给我们免费抹墙灰。“这儿所有的人家都免费抹墙灰。”那些人就是这么跟陈老大说的，陈老大就让他们把他的快四十岁的房子来了一通装扮，让他们在墙灰表面再画上几排瓷砖，现在他的白房子再也看不出破旧，阳光照在白花花的墙壁上，以为是昨天新修的。

怎么样！陈老大说，人靠衣装，房靠墙灰。

是啊是啊，我们说，抹了墙灰的房子连老天爷都看不出新旧。说完我们就不承认前面的话了。旧的就是旧的。可我们又很迷茫，书上说画饼充饥，既然能画饼充饥，证明古人也曾靠想象力掩盖贫穷，眼前画个房子有什么不可以。这房子确实看着挺新的。所有这儿的房子都很新。只有像我们这种熟人才知道哪些房子是新的，哪些房子是旧的。这么一想，觉得我们比老天爷更厉害。但我们不能这么跟陈老大说，他会很不高兴。

我们就这么一边暗地里抱怨陈老大没有真正的新房子，一边又对他要去山顶养牦牛非常激动。我们整日围在他身边。

你什么时候去呢？这是我们每天要问一遍的话。

明天，或者后天。这是陈老大每天要回答我们的话。

一天一天过去了，明天永远在明天。

陈老大每天都去山下集镇走一趟，在那条浑水河边坐一上午或者坐一下午或者坐一晚上。那条河水我们叫它黄河。它的水质很少有清澈的时候。山上任何一条溪流的水包括涨水时候的水都汇入其中，让它失去本来的样子，永远是这么浑浊。

陈老大就是在这条浑水河边像一条鱼那样被养着。他把自己养得越来越壮实。河边的小卖部永远摆着属于陈老大的凳子。他在河边东看西看，烟抽完了买烟，肚子饿了买方便面，想玩的时候起来戳几下台球，不想玩的时候就一直坐在凳子上。我们就这么追随他几天，感觉屁股在凳子上坐出了老茧。

怎么办？我们私底下互问。

谁知道。我们都跟对方这么回答。

后来我们就不去浑水河边了。烦。陈老大每天去，他戴着墨镜，穿着黑夹克或者咖啡色短袖，皮肤黝黑黝黑，头发被风吹成大背头，就是很早以前一个电影明星特别喜欢的发型。我们时常站在公路上遇到陈老大，故意让他瞧见我们，就想让他想起那天跟我们说的话，“我已经做好了准备”。可是他一次都没有想起来。他的车子开得很快。我们知道他特别喜欢唱歌，声音还不错呢。有时候他就是这么哼着歌从我们身边溜走的。

他到底什么时候才去养牦牛呀!

我们哪儿也不去

到了芭蕉坪就等于摸到了金场坪子的脚，到了金场坪子就等于到了大凉山其中一座高峰。那儿我们从未去过。金场坪子的山从侧边伸出来，就像荷花的其中三个花瓣。它们从山脚看上去就是这个样子，仿佛一朵正在盛开的荷花。听说那儿有一窝湖水，清澈，透明，像花瓣里的一颗明珠。天气晴好的时候我们站在山下，也能闻到从那儿灌到谷底的凉风。往年夏天很热的时候山顶还卧着白雪，现在过了农历四月几乎看不到雪了。不过，每一年冬月的雪总是早一步到达金场坪子，人们还觉得不太冷的时候，山顶已经卧着茫茫白雪了。

我们都很忙，谁也不会真的跑到山上捉野兔。

我们只是在家里谈论怎样在野地的积雪中跑起来比兔子更快。兔子的前腿短，我们要防止它跳到浅雪中，更不能让它跌入深渊。“为什么它长着长短不一的腿还不会栽倒?”这也是我们要争论的话题。

有人提议去山顶看看，即使到头来一只野兔也捉不到，也可以去看看。

谁去呢？谁去？谁也不会去的。我们都很忙。

马大哈是我们当中最勤快的人，他也只是出去打了一份零工。下山的路总比上山的路好走，金场坪子是一路往上走的，感觉是去老天爷那儿报到似的。马大哈说，他才不要去那儿触霉头。

我们都出去打过工，有的人甚至一走就是二十年，二十年间每到年底回来一次，祭祖，扫墓，和渐老的亲人小聚。后来我们就不出去了，陆陆续续从山外回到山里。一开始我们觉得出山才有大自由，现在我们觉得一生最大的自由就是待在家里。

回来我们就很忙，也不知道要忙些什么。每天在公路上走两趟，早一趟晚一趟，天就黑了。现在我们觉得时间流逝得特别快，感觉刚刚从床上起来几个小时，马上又到晚饭时间，晚饭吃完天又黑了。

马大哈说，只知道钱不够用，谁知道最不够用的是时间。

马大哈已经过了不惑之年。

不惑之年才有想不通的事情呢。马大哈说，你们马上就有想不通的事情了。

我们有吗？我们暂时不知道。

为什么没有趁着年轻跑到金场坪子去呢？马大哈问我们。他最近越来越奇怪了。

不过，很快他就想通了。也不知道他困扰什么，又想通了什么，反正后来他就变得很潇洒，每天像个二百五一样骑着他的破车哔哔啦啦跑在公路上。

我们说，马大哈，你是不是疯了？

他就对我们吼，滚。

他是要和我们划清界限了。马大哈跟别人说，我们是这儿的渣滓，成事不足败事有余。像我们这样的人，心里空荡荡，除了每天仰着头想天鹅肉或者幻想自己飞跑在金场坪子的积雪上撵兔子，再无本事。我们这些从山外回来的人是失败的，既不是城里人也不是山里人，没有归属，没有根基，没有钱，没有青春，没有缚鸡之力，没有，什么都没有了，城里的青春饭吃不了，山里的苦力饭不好吃，马大哈就是这么跟别人诉苦的。

太坏了，真是太坏了，我们感觉自己身上的衣服被人撕烂。我们想起在山外的时候，有一回或者两回，老板的眼里透出对我们的挑剔。上了四十岁的老板就会嫌我们笨手笨脚了。是这样一种原因促使我们不得不回到山里。

可他有什么本事？没看出来呀。我们拦着马大哈问，你想通了什么？他摇摇头说，你们不懂吗？我变得比你们聪明了，我看透了人生。

我们全都憋不住笑出声。我们对他说，马大哈，你只是看透了自己没有本事，什么都干不了，和我们一样。

马大哈也开怀大笑，他居然笑得比我们还响。

后来，马大哈再也不跟我们混在一起。当我们还在谈论金场坪子的积雪和野兔时，听说他去了金场坪子。一个去了金场坪子的人，肯定不会再跟我们混在一起。

无所谓，我们说，人各有志。

我们相信马大哈在金场坪子一无所获，别说兔子，他可能连兔子屎都没有捞着。我们就说嘛，有些东西它就只适合幻想。

去过金场坪子的马大哈性情又变了，大概他是跟自己生气吧，明知道已经过了撵兔子的年岁。他偶尔也和我们聊聊天，其实，只能说简短地打个招呼。他不是说过嘛，我们这些从山外回来的人是失败的，心里空荡荡的，他大概只是心疼自己的同类。

荣归故里

她说总有一天她长大了就要去外面闯荡，然后荣归故里，就像楚霸王说的："富贵不归故乡，如衣锦夜行。"

后来她就去了，长到十八岁去的。

我们眼巴巴地等着她荣归故里。那年我们比她小许多，站在她跟前矮了一整个头。

她是这么和我们说的："等着看吧，我一定会做到的，天高任我飞！"

她在辍学后一直不舍得扔的本子上写下：天高任我飞。

然后呢，就是这样赌咒发誓似的冲出山沟沟去了。我们每天要干的就是等在路边山头的野番石榴树下，等着我们的朋友从大路上亮堂堂地回来。

“她一定会选个晴好的天气，穿上大红大花的衣裙！”我们是这样猜测的。

我们一门心思就等着她回来了。这儿还没有人出去过，山外是什么样子只有鬼知道。我们的奶奶告诉我们，火车是没有屁股的，也没有头，也没有窗子。坐在里面的人被火车摇啊摇啊摇，因为火车没有屁股和头嘛，它就坐不稳，它摇晕了就像吐饺子似的把人从肚子里吐出来，它就不摇了。火车就是那样一种东西，她没见过火车但听着别人形容就知道它是那么一种东西。她说，像那么恶心的火车她这辈子都不会去坐。我们的奶奶在我们七八岁的时候就是这么跟我们形容火车的。

快十年过去了，火车还吐不吐呢？这就不知道了。奶奶已经死去多年，现在只等着朋友从外面回来，告诉我们火车到底有没有改进，要是它一直那么摇啊摇，脖子会不会痛？

可是很久很久，朋友仍然没有消息。我们等啊等。

有一天大路上来了一个姑娘，正是我们的好朋友。天已经擦黑了，她穿得也还算可以，但不是大花大红，脸上也没有荣归故里的畅快。

“该死的！”她跟我们说，差一点她就成功了。

“下次再去。”我们安慰她。这个时候我们已经长成大人了，当中有人比她还高一头。

“我不会放弃的！”她望着我们，就像我们是她的老天爷，她要用眼里那么委屈和那么沉重的情绪望着我们。

但是不久之后呢，她就结婚了。她穿上原本只有荣归故里才能穿上的大红大花的衣裳，盖着脸，像是没脸见人或者懒得见人，从我们身边走过去时明明可以从盖头底下分辨出我们，却硬是装着不相识，噔噔噔就走了。

走了就走了吧。我们想。她成了婚也可以出去的嘛，无非是带上一个可以相互照顾的伴儿。只是她的伴儿有些瘦弱，书也读得更少，勉强学会骑摩托车，有人看见她坐在摩托车后座上结结实实地被摔下来。那些人说，她丈夫的车技太差，体重也轻，肩膀那么窄，根本就是靠不住的。

谁会依照外表去判断人的能力呢？肩膀窄跟靠不靠得住有什么关系？

我们不信。我们等啊等啊。

我们等啊等，就把她的孩子等来了。她的孩子在她背上睡得像个小傻瓜，张着嘴，流着鼻涕，邋里邋遢，看着就像是很多年前她在火车上坐着的时候被火车摇啊摇，被摇晕了，多年以后她就吐出这么个邋遢的小孩子。我们谁都不敢伸手去摸这个孩子，觉得这样的东西是会传染的，万一什么时候我们也去火车里坐着……算了……算了吧。我们都缩着手。

“我是不会放弃的。”她咬着牙说。

又过了很久很久，她就不再说“我不会放弃”这样的话了。我们什么话都听不到了，因为她根本也不和我们来往了嘛。

听说她特别喜欢吃味精，每一顿菜必须放味精，否则什么菜都觉得寡淡。她去所有这儿住着的人家（除了我们——

她的朋友）借了几遍味精，就是那种纸面上画着一只鸡，大字写着“××鸡精”的东西。

现在我们想起来还觉得伤心，也不知道她是因为借不着味精搬走还是因为看不惯我们。有时候我们还会坐在山梁上，明知道那个朋友已经失败了，她不会回来了，她会像小时候换牙那样把坏掉的牙齿扔掉，闭着豁嘴，吞下牙根里冲上来的血，她会以这种决心去煎熬她的一生，再也不会回到这儿了。我们仍然习惯性地望着大路，期盼她锦衣华服，荣归故里。

我的锅

阿微，你的锅呀！你的锅被猪叼走了呀！

他们这样喊的时候我只当是开玩笑。这群人每一天都会拿我做笑话。有时是这样的，我刚走进教室，坐在第二排的第三张桌子左边，那位新安排给我的同桌（一周换一次座位）就恰好在我落座的一瞬间将他的屁股推过来，把我撞到地上去。然后一大群人在我摔哭前一秒对我齐声喊："阿微，你妈来了！"

这就是我的小学四年级同班同学。

他们说的我妈，是那位对我向来关照的女班主任。未婚。矮个。肉嘟嘟的脸。喜欢穿休闲运动套装。头发扎成马尾。住在山下。汉族。

我“妈”进来之后，他们才安静下来。

不过我突然看到门口院坝里飞跑着一只小黑猪。它的嘴上套着一只圆嘴铜壶。

那是我的锅。可我不敢认它。

猪嘴边上撒出几颗米饭，看得我心里有点可惜。这些米是昨天和要好的女同学借的，在学校除了我“妈”之外，她对我最好。有时候我坐在旗杆下发呆，望着星空想点事情，她就陪我坐在旗杆下，我们张着大嘴喝风。我还没有将这些米还上，就把猪招来了。我的运气总是很坏。

如果我跟他们说，我的运气总是很坏，请他们帮忙拦下那只小黑猪，它看起来很小很容易制服，已经被我的锅套住，它跑不了，这是它自已都没有想到的灾难。只要他们肯帮忙，那就既帮了我也帮了那只猪。可是我没有说话。

不知道猪的主人在哪里。可能没有主人。每天都会有那么多流浪猪在学校里晃来晃去，它们没有主人。要是我真的低声下气，继续低声下气，他们肯帮忙吗？不会。只有大人才会觉得我们这群孩子很天真。他们不懂我们这个年纪的想法。山上没有别的游戏，也没有父母时刻照管，每个孩子都属于放养型，所以每天，几乎是每天，我们之间的各种矛盾会滋生，会传染，会像那只小黑猪，变得丑陋和无能为力。

情况就是这样，这儿没有可爱的孩子，只有痛苦的孩子。我们和大人之间，互不理解。我们生活在完全不相干的两个世界中。而我有时会跳脱出来，在夹缝中生存。

眼下，我的同学投入在事件当中，非常兴奋，前所未有的兴奋。他们挥着手，在这个晴天的午后，跑到教室门口大声喊：

那是阿微的锅！哈哈哈！她晚上没有饭吃啦！

对啊！还吃个啥啊！

哈哈哈，看她那个傻样！

他们在阳光下喊。手在光芒中挥动。

我感到眩晕。每当这样的吼声响起，我就如同溺水。

卓秀率先去追那只小黑猪。她总是在关键的时刻挺身而出。没有人觉得那个满身补丁衣裳的女孩有什么可爱，只觉得她的脑门太高又太亮，觉得她发育太早，觉得她跑起来两只脚分得太开，觉得她的头发稀疏扎起来像耗子尾巴。这样一个女孩跑在小黑猪身后更丑了。不过今天他们很高兴，没有说她坏话，注意力全在那只猪身上。他们说，猪嘴上套个铜壶还真好看呢。

第二个跑出去堵那只猪的人只能是我。再怎么样也不能丢了那只锅。

我和卓秀以及那只小黑猪，我们三个就在午后的阳光下奔跑。猪一直在叫。它要自己甩掉铜壶。它不知道我们捉它不是为了报仇。

很好，大家的情绪都很好。他们喊起了号子：“加油！加油！”

我们三个跑出兴趣了。在这样的掌声和号子里，我们受到了关注——小黑猪给的机会。我们跑起来十分卖力。甚至，我已经开始故意放慢脚步，已经不想那么快从猪嘴上夺下我的锅。

就让它挂在那儿吧。我想。父母也许会给我准备另外一只新锅。或者明天一早醒来，情况就变了，我也可以像别的孩子那样，到食堂吃饭，不必自己煮饭吃。

可我回去要怎么交代呢？跟我爹说，你那只祖传的锅被猪叼走了。他肯定不相信。即使相信了又怎么样呢？我会真的获得一只新锅继续煮饭吃？学校食堂不收玉米面，而我们家没有大米上交。我们的水田年年歉收，年年稗子多过谷子。玉米和土豆，是我们的主粮。

如果我爹在就好了，他会亲眼看见，光天化日下，我的锅在猪嘴上。

不过他完全不必担心。我追这只锅非常起劲，并不像最初以为的那样，如果跑到场坝中央，会成为笑话，会因为羞耻而不知所措，成为悲剧的主角。完全不是这么回事。

卓秀在哈哈大笑。我知道，她母亲病死之后，她已经很久没有这样笑过。我也哈哈大笑。只有那只猪是痛苦的。它的嘴无法甩脱，被紧紧箍住。

我们在猪的惨叫声中加快脚步。但是它跑起来更卖力。痛苦加快了它的脚力。有更多号子响起来：加油、加油、加油……

猪有使不完的劲儿。我们也有。

卓秀说，不要受他们影响，他们在看笑话。

我说，你放心吧，我不受影响。

不仅没有受到影响，心情还十分舒畅。在奔跑的途中，半下午的风从大门那儿灌进来——大门是关着的，但它是网状——在我还没有迈开脚步的时候并不能感受到它们，而现在，风里有松香味，有松树尖子上那一小撮嫩叶的味道。它们是从学校门口山包上的第一排第五棵树上来的。那棵树刚刚长起来不久，是一棵年幼的松树，我曾无数次爬上去，它完全能承受我的重量。现在它的气味就在身边。我对卓秀说，你闭上眼睛跑吧，风很凉快。她就真的闭上了眼睛，然后没跑几步摔倒了。她坐在地上大笑。

我只好停下来坐到她旁边。这时候猪也跑不动了。它站在对面寝室的门边，又喘气又叫唤。

我说，让它自己脱下来吧。

这是最好的办法。猪有猪的办法。如果我们一开始不对它围追堵截，那只锅可能早就落下来了。

卓秀摇摇晃晃起身，梳理被风吹成鸟窝的头发。

我也起来抹脖子上的汗水。

我们共同望着那只锅，在白亮的阳光中，锅的黑灰掉落在场坝上，卓秀和我的脚底已经染黑。在滚烫的地面，我们黑色的脚印和猪的脚印，在狂乱的奔波中印满了场坝的每个角落。这仿佛是某种人生密码，仿佛在预示我往后的生活就是这样的景象，这样的走向，这样一种不遗余力的追赶。我的锅，黑色的锅，它不过是叼在一只小黑猪的嘴上，而我却要花费大量的力气和朋友的帮助，才能重新获得。这预示着往后的日子，在漫长的一生中，我会进行这种无聊和可笑的奔波。当然这种感觉在我这个年纪还不明显，它直接深刻显示在我脑海的道理并不能完全被我领悟。我仅仅是模糊地察觉到什么，所以卓秀摔倒的那一刻，我也顺势坐下来，顺势看懂一点情况，所以我对她说，算了吧，让它自己脱下来吧。

我的意思就是这样，猪的麻烦让猪自己解决。顺应猪的想法。难道不是吗？你想获得的正是猪想摆脱的。这样一来事情不就解决了吗？让观众们也休息一下，他们喊号子也怪累的。

他们也的确看够了。有的人已经回到教室。

我和卓秀席地而坐，为刚才那场奔波，我，她，还有猪，我们三个筋疲力尽。在众目睽睽中，我想跟卓秀说，来吧，我们聊点儿什么。但是嗓子干哑。

猪休息够了，其实不是休息而是它终于叫不动了，闭上了嘴巴。就在它放弃拼命要甩脱黑锅而闭上嘴巴的同时，锅从嘴上掉了下来。一些弄脏了的黑色米饭沾在被勒出圆圈的猪嘴上。剩余的小半碗米饭从锅嘴里洒落出来，也是黑的。猪跑走之后，锅在原地转了好几圈才停下。

我捡起来看看，锅还是锅，只是锅嘴没有之前那么圆了。

遭遇

大好的晚上，在绿皮火车的一节车厢里，靠近厕所的位置，我二人刚刚熟络起来。她的眼神极冷，也或者不是自身的冷，是月光把她的眼神染成这样。我愿意当姐姐，但是她始终不厌其烦地喊我“阿姨”。

“我才十七岁，只比你大一岁。”我希望这个误会到此为止，但是她不肯罢休。

“那又怎么样啊？”她说。

要知道这事情发生在十七年前。那时我还不够本领将这份尴尬掩藏，或者说，我可以置之不理。然而十七岁的人没有这样的修为，所以我只能按照那时候的性子，一个劲地围着她打转，甚至一遍一遍使人厌烦地提示，告诉她我仅仅大她一岁。

我竟然可耻地掏出零食，像收买人心似的将那些食物递到这位姑娘的手中。她接过去吃了。对，就是非常自然的、我十分应该这样做的——是怀着这样的意思，她把食物从我这儿接过去，不动声色，毫无谢意。

接下来我要等着她改口了。吃了别人的东西多少要表示一下吧？然而，没有任何道谢的话传过来。

“你应该喊我姐姐。”

我忍不住直截了当地说。

“那又怎么样啊？”这次她抬起眼睛望着我，冷静而淡漠的态度。由于她将这句话说了两遍，我怀疑她可能只会这两句。

事实也证明她除了喊我“阿姨”之外，不再说别的话。真失望啊，这可是第一次出远门，在我还没有踏出门槛的时候，以为远方是多么诗意和神秘，以为途中遇到的所有人都长着一张好看的脸，周身气味是一股山茶花的味道。

“哎，不好的旅途。”我预感往后的日子要难过了。难道不是这样吗？所有的坏遭遇都是因为开头不顺人意，就像我那天早上出门踢到一颗石子，后来果真摔了一跤。而之前我是多么爱那鞋子，如果足够耐穿的话，我愿意一辈子只穿它。不过，我有了别的看法：信任是极其危险的。现在这位姑娘完全像那只鞋子一样，让我提高了警惕。

当然，我们所处的位置时常有人穿来穿去，并且她喜欢低头，我也就极少撞见那双冷漠的眼。我几乎可以动用想象——吃光我食物的人不存在，给我冷漠眼神的人不存在。我的前途就像万丈月光，它在黑与暗之间，既不刺眼，也不至于看不清天色。明天之后我将找到世界上最好的工作，给我母亲买一条项链，给我父亲买一双皮鞋。我这样想着，一切就圆满了，可以继续忍受她再一次喊我“阿姨”——假如她还愿意跟我交谈的话。

后半夜，她开始打瞌睡，脑袋因为车子晃动而不停地撞着车皮。我走过去坐在她身边，因为靠窗的位置过于寒凉，并且处于生理期，时冷时热，小腹胀痛，腰杆不能伸直。我动作缓慢，弯腰蹲下来，也想受到她睡眠的感染，但事实上我不能入睡。我对周围醒着的人抱有更高的警惕。

天快亮的时候，她醒来去上厕所。然后，从裤脚里掉出一条折好的卫生纸，那上面的颜色被一小段月光照得通红。她显然已经吓坏了，扭头望着那个丢人现眼的东西，最后竟然望着我，是的，她望着我。我顿时心慌失神，左右看看什么人的目光照到这边来。啊，很好，十分幸运，那些人全都睡着了。

“你掉东西啦。”她非常肯定并且带有指责的意味。

“什么？”我感觉舌头缩不回来了。还有比这更让人吃惊到差点咬到自己舌头的事情吗！

“那脏东西，”我想，“难道我会献丑到这个地步吗？”

她望我的眼神简直爆发了几分严肃和鄙夷，似乎我是那种敢做不敢当的人。在她的脸上，我仿佛还看到某种无辜的神色，令人觉得这件丢丑的事情百分百出自我，而我正可耻地推卸责任——在她恰好起身的时候，将这件事情巧妙地诬赖给她。毕竟先前她确实对我不够友好，那么我做出这种事情在外人看来也理所应该。

我试图解释，然而我什么话都没有说。

我又重新坐到先前的位置上，并且在挪动的过程中顺带着将那片碍眼的东西捡起来扔进旁边的桶子。干完这一切，我竟然无比轻松。“你总得替人收拾一些烂摊子，随时随刻都有可能成为无辜的人。”我在心中这样安慰自己。

不知什么时候旁边多了一个人。一个人到中年但是打扮时尚的男人。他靠着车厢，面朝月亮，脸色白扑扑，月光照在胡子上，使我将他下巴上的领地想象成一小片成熟的麦子。这样的想法怪异，无中生有，但是心境十分好，警惕也就放松了。我早已经忘记出门之前父辈的叮嘱，他们让我远离所有陌生人，不要讲话，不要随便吃别人的食物，更不要流露出自己第一次出远门的破绽。反正，我必须装作一个老江湖，聪明绝顶，百毒不侵。那么我现在对他的好感可以说是危险的。

“小妹妹，你是第一次出远门，对不对？”他这样直白的问题倒让我一下子高兴起来。我最不愿意说话拐弯抹角。何况这个人喊我“小妹妹”。

那么，父辈的话是不可全信的。世上哪有那么多坏人呢？人的一生根本不需要太多防备。至于那位不太友好的女孩，就当她是一颗石子吧。

这样的想法立即让我心情舒畅。但事实上，我也突然间感到悲伤。这么急切地想在旅途中结识陌生人，是因为所有我熟悉的人都不在身边了。我感到自己失去了什么东西，而且这种东西以后再也找不回来。就在刚才，大概也只有我才会把第一次出远门看成一件高兴又值得庆祝的事。而那位小我一岁的姑娘，她早已经悟透，这种出走并不只是新的开始，它恰好是一种分离和永久的失去。从这一天起，我们就和从前出远门的人一样，一边走一边丢，将会经历相似的狂欢和失忆症的折磨，我们会一起掉进一眼拥堵的井。所以，这位年少老成的姑娘，月光照进她的眼才会使她更加茫然，像个落魄的穷光蛋，谁给她食物她就吃，给她毒药，估计她也会吃。她是悲伤的兽，月光也治不好她。

然而我想通这一切的时候她已经不坐在我旁边，躲进臭烘烘的厕所了。我听见里面时不时传出冲水的响声，却不见她出来。

中年男子很善谈，某个时候，我听他说话的语调简直像我的一位堂兄。当我就要献出全部的信任和只有对亲人才会透露的心事，他却话锋一转，说重庆的某个地方正在招收制衣工人，工资比我要去的那家小厂高一倍，并且一再向我这边靠近。这距离令人恐慌，说的话也开始飘起来了。用我十多年后的经验去看，他的确是一个心术不正的人。

那位姑娘推开厕所门出来的时候，无意中夹到了中年男人的手指。不是太厉害，但也足够让他没有心思继续坐在我旁边说话。

“谢谢你。”我对她说这句话是诚心诚意的。但是她没有

看我，也不说话，仿佛那真的仅仅是一个意外的巧合。

火车在路上奔跑，人容易犯困。月亮也没有了。她再次靠在座位上睡觉。而我也因为整夜没有合眼，开始忍不住打瞌睡。就在昏沉的半梦半醒间，我看见她在哭。眼下，所有人在旅途中都只干一件事——睡觉。谁也不会发现有人在车厢里哭。更何况我们所处的位置在过道的厕所边，是谁也不愿多来的地方。

只有我一个人看见了，那双茫然的湿透了的眼睛，被早上快要亮开的天空的第一缕霞光照射，让两边眼角的泪珠像晨露一样滴在车厢地板上。这个时候醒来能说点什么呢？

谁也帮不了谁。我这样想。

父辈的话还是有它的作用。他们认为所有的路都得靠自己，认识再多的人也没有用。看，现在她只能用自己的眼睛流泪，用自己的袖子遮住半张脸，而我，根本不知道她流泪的原因，也不可能用自己的眼睛去分担那些泪水。我只是看得更仔细，她左眼的泪珠淌得快一些，右眼稍慢，她哭的时候右边眉毛高于左边。

“妈妈……”我听见她喊。

我似乎明白这个年轻姑娘的忧愁了。她一夜空茫的眼睛，是在酝酿泪水。好啊，现在派上用场了，天亮了，她看到窗外的景色没有一点是熟悉的了。所有熟悉的东西都在八百里之外。那个地方从此刻开始要用书卷气十足的字眼去表述——故乡。

好，现在她是一个诗人了。我坐在她的对面。她将会这样来形容我：一个和我一样傻里傻气、忍受冷眼、抱着难以启齿的耻辱、未老先衰的少年。她必然与我一样，在往后很长的岁月中，只有月光相伴。而月光是冷的，它大多时候照不出一粒饱满的麦子。

“妈妈，你在那边好好的。我会好好活着的。”她又低声这么说。

好，一切都明白了。她没有母亲。她是个孤儿。她坐在对面的身份一下子对上了：冷漠的，孤寂的，与世隔绝、互不交涉的。

但是她总不免流露出悲哀的底色——喊一个和她年岁相当的少女为“阿姨”，还曾试图把她无法承担的那部分嫁接给我。

然而火车就要到站了。它总会到站的嘛。

鸿沟

我有个好朋友，她住在半山腰一座看上去还算气派的瓦房里。她在那儿住了快六十年，我们也很少往来，导致我另外的友人从来不知道我还有这么一个朋友。

我在不同的城市一共生活了十五年，可是这一天我突然想住到乡下去，如果可以，我将不再回到城市。这是我近些年的想法。这种想法恰好是我当初排斥的，那些年只想住到城里去。现在，我厌倦了许多匆忙的脚步，许多面带喜色却茫然的眼睛，更害怕铁的味道、汽油的味道。这儿即使到了春天，也要走很远的路到城郊才能看到一株桃花。我是不爱桃花的，但我开始怀念它的气味。

我突然出现在老朋友的面前当然很冒失，这之前我没有给她任何消息，所以她一脸惶惑地望着我的时候，我也想不好怎么说。我们漠然地望着对方，就像望着一片冰冷的月光。我一定是沾了一身露水——可能昨天下雨了。我感到冷，她递给我一块手帕。气氛总算缓和了。

天色还早，我们坐在刚刚收割完麦子的地边，像陌生人那样有一句没一句地闲扯。有一次我已经站起来准备离开，她的眼神也丝毫没有挽留。可是，我望着那块空荡荡的麦地忽然不想走了。

火烧云盖住半边天，她周身落满昏黄的阳光，虽然她此刻还没有把接待老朋友的热情拿出来，但是她的白头发和黑衣服瞬间有了温和的色调，我也就以为这个人已经想起我们过去的情谊了。

然而天色易变，两三个时辰之后下了一阵小雨，是那种懒绵绵的有一滴没一滴的雨。我们拉了一张竹席仰面躺倒。我们知道，这种雨很快就停。

这时候谁也看不到谁了，雨水偶尔砸进我的眼窝。她可能想翻身，但是我挡在一边使她翻不了身。我听见她叹了一口气，悄声说，难道我们真的认识吗？我很老了，我的记性也很老了。

我还没想好怎么回答。

我只是感到有点后悔，同时也很疑惑。如果不是一直记着乡下有一位朋友，并且斗胆向别的朋友炫耀而且保证我最后的退路永远不可能如他们所说的那样悲观，听取他们的意见安心住在我的城市，那么现在我受到的冷遇，或者说，我贸然而来给这位已经不能算是朋友的人造成的负担，就完全可以避免了。“你只是在这儿住得太久了，去公园逛一趟就好，那儿有一种树花期很长，如果你不是天天去的话，几乎每次去都可以看到花开。”我应该听他们的话，随便到公园里逛一趟就好。但是他们这样说完之后又全力支持我到乡下来。就像我来乡下住不是一个人的事情，而是他们所有人的事情，他们的愿望。

我也确实来到乡下了。可是我在这儿干什么呢？我的这位老朋友与我一见面就很生疏。眼下她对我虽然客气，以礼相待，但我明显地觉着她在防备什么。

风把院墙上的南瓜叶吹得东倒西歪，我实在不想陷入这落寞的情景，便推了推她的肩膀说，你去扯掉那些南瓜叶。她仰头看了一眼，很平淡地表示，那些东西迟早会朽掉的。

她就用这种语气对付我，然后就不说话了。

可是我不能生气。并且她的困意上来了，哈欠连天，看上去一辈子没睡过什么好觉似的，她用前臂遮住上半张脸，致使所有皱纹都挤在下巴周围。

“难看的皱巴巴的脸。”我越想越不是滋味。

不一会儿我也昏乎乎地想进入睡眠。但我听到从麦地那儿传来一阵快速的脚步声。当我抬头看去，不见什么人影，仅两三只雀子站在地面。最后一点阳光落在地上，夜幕从山顶降下来，我连自己都看不清了。我的朋友不知去了哪里。我没有找她。不仅如此，我还感到高兴。如果我的朋友已经想起了我们过去的友情，那么这时候她肯定会离开，只有她知道我喜欢空荡荡的山间的夜晚。也就是说，她的记忆变好了。

这个猜测让我心情一下子变好，也突然觉得饥饿。我在城里有吃宵夜的习惯。既然她已经恢复了记忆，那我就可以在这个房子里自由活动了，可惜这儿没有电灯，我只好顺着墙走。我总是撞在墙上。她的厨房也太远了。但我心情真好，希望她干脆别回来了，干脆我们互相换地方住，反正她从未去过城市。从未去过城市的人总是天天盼着去。她绝对也羡慕我住的干净的 401 室，到图书馆对面去听流浪歌手演唱或者看夜间广场舞，再绕过沥青路去沃尔玛超市购买进口的蔬菜和水果。那就让她去吧，快马扬鞭，马上就去，可以立刻来我这里拿钥匙，开我的门，住我的房，喝我喝过的水，走我走过的路。或者钥匙也别要。

我简直以为她已经同意这么干了。我们达成协议，她正万分高兴地走在去城市的路上。

我这样想着就已经走进她的厨房，灶台上摆着一只绿瓷碗和一双竹筷子，像专门为我准备的。接下来我要取一瓢井水，先喝一口再倒进锅。然而我找不到她的水井。她的水井像是被她背走了。

就在我团团转的时候，有人推门进来。那人点着一盏油灯，我看清了脸，啊，我的朋友——她哪儿都没去。

“来得正好呀，”我说，“这个房子认人，我找不着水井。”我得尽量掩饰要在厨房里做晚餐的想法，要掩饰刚才突然在心里和她换位的生活——那种自欺欺人的大梦。

她面色冷淡，伸手指向我身后。我正踩着井盖的一角。

晚餐当然是这位主人亲自准备，两碗土豆泥，一人一碗。她盘腿蹲在刚才躺过的那块竹席上。我不好贸然走去坐在一起。看得出来，对我这种突然来访——按她的说法：在城里待腻了来乡下放风的人，哪怕做一碗土豆泥都够让她操心。如果我不来的话，她不用在厨房耗费时间，她可以像平时一样简便，用水煮土豆，而不是做什么土豆泥。我已觉察到，她想让我尽早离开。

我坐在院坝的磨刀石上有点伤心，这种天色下，我哪儿都不能去。

我只能实话实说，向她请求，我想住在乡下不走了，如果她有空余的房子，我就暂时住在这里，直到我有了自己的房子再搬出去。反正我们从前也住得很近，在这儿喊一声我的父母都可以听到，我们本身也是因为住得近才成为朋友。我已经料到她可能会跟我说，为什么不回到父母的身边，那是最好的退路，所以我早有准备地跟她解释，我父母的房子太挤了，而我的兄弟已经结婚，房子就更加拥挤，那儿已经腾不出多余的房间给我。并且，很显然，我的父亲因为年老，牙齿掉了几颗，要吃很软的饭，可是年轻人喜欢吃子弹一样硬的饭，他们还有很好的胃，牙齿也还坚固。所以他们不能体会一个老人吃硬饭的时候整个头都在发抖，他用残余的摇摇晃晃的牙齿啃一块肉的时候既害怕塞牙缝又害怕牙齿碰掉，他吃东西越困难话就越多，越感觉人生悲凉，但他不愿是一副可怜相，意见大而脾气坏，由此也就让人讨厌了。

我怎么能再回去呢？我的胃就像父亲的牙齿一样不可靠，脾气也更怪，也喜欢吃很软的饭。

眼下我只能找一个可靠的落脚点。我的朋友还单独住着，她只有一个人，完全有多余的房间。要是这样就太好了，我左边是亲人右边是朋友，亲人和朋友兼顾，向前一步即可踏入乡土，向后一步也有栖身之所，那就太好了。可是她不作声。不。她是在冷笑。

我估计她在怀疑我的诚心，因为就在刚才我还请求她别吃土豆泥了，弄一点别的东西来吃。跟来乡下走一趟的那些散客一样，搜罗一顿好吃的然后就走了。我不能给她留下这样的印象。所以接下来我的举动连自己都吃惊。我跳到猪圈栏杆上模仿她喂猪的样子，伸手拍栏杆唤“呜罗罗罗……”其实圈里根本没有养猪，她已经老了，割不了猪草，走不了远路，现在只剩下一间空荡荡的猪圈。管他呢，我只是想像表演家那样做个样子。但是做完这个样子我就无比痛悔。我意识到这个不礼貌——干脆说不完美——的表现，它一秒钟就可以让人看穿我的本质：一个理想主义者虚构的活法。

果然，我就知道她会这样说：“你疯了。”

她摇手喊我下来，猪圈不高但是我爬到顶上再站起来就高了。我根本不管她。现在谁也别想喊我下来。我对她说，这种日子才是人过的，从前种种都是煎熬。

她听后大笑。

我想问她笑什么，可是这个问题很没意思，所以我闭紧嘴巴等她说话。

她带着冷酷的很符合先前那种笑声的语气说，下来吧，别死撑啦。

我想跟她解释，可惜她不听我说完就回卧室休息了。事实上她不听也没什么关系，我正在生她的气。

她在房间里喊我进去休息。但她为什么不拿煤油灯过来照亮，偏要我踩着黑路走过去呢？这种黑路我已经很久不走，何况她的院坝没有铺平，有些地方还有不小的土坑。

我希望她拿灯出来给我照亮，可是没有任何动静。

看样子她是一定要我自己摸黑过去。我只能顺着墙根走，无可避免的，我总是撞在墙上。

这样才好

有一年轻妇人，我认识，但也不能说全认识。我们两个从未打过招呼，即使每日途中相遇，也仅仅你看看我我看看你，就这么过去了。

此女皮肤黑亮，眼睛大大，生有三女一男，经常用她的嘉陵摩托车载她的孩子们去街上玩。每天一趟或者两趟。孩子们在车上坐成一排，其中一个她背在背上，真是壮观而又危险。也许她自己也知道是危险的，所以再后来，我们就看见她每天跑两趟，孩子们排着队去街上玩，先去两个，再去两个。

她的骑车技术是越来越好了。真羡慕。

只是她这个人不太好，不太好相处。她的丈夫常年在外打工，极少回来，可能她的话都是要焐热了跟丈夫说，跟旁人说多了害怕话冷了。

我刚才不是说了吗？我和她从未打过招呼。那是因为我本来要跟她说话，刚张了半个嘴巴，她直瞪瞪地望了我一眼，一点颜色都没有给我留下就走了。我真不知道她到底是高兴还是不高兴。那次之后我们两个见了面就互相看看，互相冷着脸子。许多人都见识过她这种不知道高兴不高兴的神情。他们只跟我说，你不要放在心上，她是个傻子。

我也不知道她是不是傻。看起来有点像又有点不像。

也许她只是不太愿意搭理我们这些二百五。

在一些人眼中，我和那些小混混是一样的。凡是看不到干活的，比如去地里打猪草啦，去河里洗衣服啦，去山上找柴啦，去菜地里锄草啦，就是小混混。这是她们说漏嘴让我听到的。她们说，这个人从小就没怎么干活，就是混日子的。

这妇人肯定也是听到一些关于我的话，就这么看待我，懒得搭理我了。

前几日也不知道从哪儿听到，也忘记谁跟我说的，关于这年轻妇人的一件小事。说来是小事，但也让我一直记到现在。

某一天，说是某一天，她和一位年纪稍大的妇人坐在一起说话，东说西说，突然她的裤裆就被那年纪大的妇人看到了。她遮羞的地方烂了很大一个洞，边子磨得碎碎的，由于她的两条腿有些胖，磨得非常厉害，也就搞不清那碎掉的边子是磨出来的还是由于烂了个破洞天生碎掉的。反正她那糟糕的裤裆就这么摆在年老妇人的眼前。那妇人笑得直捶胸口。她实在搞不清一个烂裤裆值得笑成这样，很淡定地说，你笑个锤子！你笑个屁！

那妇人忍了又忍总算止住了笑，问她，你怎么不缝一下，你看看你那儿都露出来了，兜不住了。

年轻女人一笑，兜不住就不要硬兜嘛，这样才好，方便！

年纪稍大的脸一红，什么也说不出来。

她一句"这样才好"就把对方的话塞回去了。

后来我们两个再遇见，我就很想看看她的裤裆到底有没有缝上，但是我很害怕盯着她看。我敢肯定，以她的气势，缝不缝裤裆是小事，敢把我的眼睛缝上那是一定的。她是个强壮的女人，浑身的肉里都装着胆气。虽然她很贫穷。

她的房子抹了一层白灰，看上去"富丽堂皇"，我们都曾见过它开裂透风的模样。从前我以为这样的房子住久了人就变得卑微如尘土，但是任何人站在她面前就像一座高山不敢仰视，只能永远低着头，永远永远低着头，额头触着脚尖，将不争气流出来的鼻涕悄悄吸回去。谁曾想还有这样一位妇人，腰粗胆肥，在任何一个人面前都不会失掉她的声气。

其实我在她面前才是卑小的。自从知道她那件小事以后，我对这妇人生了敬意。在我很小的时候，能记事了，由于贫穷，我连一条像样的裤子都穿不上，烂裤裆那是常有的。一条裤子不是腿上打补丁就是屁股上打补丁，补丁加补丁，最后那裤子就整个是一条破烂，我穿着这样的破烂长到大约五岁。也是某一天，我在一位亲戚身边蹲着玩石头，那亲戚突然哈哈大笑，指着我说：“不知羞臊的东西，你瞧你那什么什么都露在外面了！不知羞臊的东西！”我听后就一直没有把头抬起来，一直低着头，额头触着脚尖，鼻涕流出来了悄悄吸回去。直到我那亲戚笑够了拍拍屁股走人，我才敢抬起头跑开。这事情后来就一直沉淀在心里。

我是希望有一天我和那年轻妇人能说说话，我们选个晴好的日子，在她家门口那丛富贵竹面前，我们两个好好说说话。

宝裤

中年女人阿枝在回家乡的火车上必定会穿一条红内裤。这事儿我也是无意中发现的。那时候我还在砖瓦厂当混混，在两个姑姑的工作地点玩耍，偶尔陪她们打麻将，按照她们的说法，输点钱孝敬她们。

我挺乐意往砖瓦厂跑。那儿住着许多我的同乡是一回事，最重要的是那儿的氛围。整个厂子里尽是沾亲带故的人，随便走走，遇着的任何一个人都会跟你打招呼，摆笑脸，问你吃饭没有，或者你的衣服哪儿买的，鞋子哪儿买的，这么好看，那么好看。反正进了砖瓦厂，仿佛进了亲戚窝。人在他乡，图的就是热闹和亲切。

我和阿枝实际上没有半毛钱亲戚关系，但是拐几个弯之后好像又是亲戚了，得喊她一声姐。这么老的姐放在十六岁之前，我肯定不会认。但由于我在十六岁那年遇着一个智力与我持平甚至更差一些的同龄人，无论怎么提醒，她都张口喊我阿姨，从那次的惨痛经历之后，我对“阿姨”这个词就过敏了。现在喊阿枝姐姐，属于再好不过的称呼。我们之间的关系也真不错。有的时候我感到非常想念家乡，想念与我一同长大的堂姐，我就会把阿枝当成自己亲堂姐看待。在她眼中我大概也是个不错的妹妹吧，不然也发现不了她的红内裤。

别想歪了。

她只不过是教我一些走江湖的经验。

她属于中年气盛的人。说到跑江湖，还能像年轻人那般激动，像只红公鸡，站起来，扬起手，描述她遇到的那些天杀的遭遇。最气愤的一件，莫过于反反复复好多次在火车上丢了钱。每次乘火车她都穿同一件衣服，衣服口袋里也总是装着零用钱，而且也因为顺手，钱反复放在同一只口袋，而这倒霉的口袋就每次被贼人割破。遭贼的那几年，她简直要相信世上有鬼，不然为何整个车厢平安无事，就她惹起毛贼注意。她说，现在想起来还很冒火，有些人命里有贵人相助，而有些人命里时常遭贼娃子光顾。她就是属于后者的倒霉蛋。连续几年，她的那只口袋被割破了缝上，缝上又割破。

我记得她如此动情地讲述江湖奇遇那天，太阳好得很。这个精力充沛的女人一边往地面上码砖，一边和我说。后来，那最重要的使我终生不忘的一幕出现了，她四周瞧了瞧，无人，便拍拍手上的灰尘，低头将腰带松开，牵出裹在小肚子上的红内裤。

“看到没有哇，晓得这叫啥子？”她指了指。

“火烧儿。”我说，“有啥稀奇，不就是颜色妖艳些吗？你穿它避邪？”

“懂个锤子。这叫宝裤。晓得不？”

我差点笑死。

她一本正经，“要不是昨天的内裤洗了没干，我一般不会闲时穿它。”

内裤还分闲时和忙时，又不是中国移动，我心里想。

“老前辈的话你要记住，这可不是普通的内裤。为啥要说它是宝裤呢？是这样的，你看看。”她牵起内裤往上提了提，我看见在那绝妙的地方绣着一个口袋，还配着一条细拉链。她从口袋里掏了一下，掏出几十块钱，抓着钱在我眼前晃了晃，又放回去了。

她说：“没有比这个更保险的。每年回家坐火车必穿。自从穿了它，这几年我一分钱都没有丢过。别的地方我感觉不到，哼，这个地方，想都不要想。你不懂。市面上这种内裤卖得翻天的好。”

她又说：“这钱骚是骚气了点，但谁会管这些。”

我十分佩服她的机智。有一年我也差点买了一条那样的宝裤，可是翻了翻又放回去了。大概穿这样的宝裤不仅需要勇气还需要幽默感，更重要的一点，我没有阿枝姐姐帅气，她这人皮囊粗糙，干的也是粗活，但性情大刀阔斧，“啪”地码一块砖是一毛钱，那么她从宝裤里掏钱的时候手势也绝不含糊。

反正，她足够勇敢，钱是汗水换来的，知道自己丢不起，便用宝裤将它保护起来。即使这做法外人看了十分好笑，但阿枝姐姐才不会管你这么多呢。

窥视者

我可不想放她进来。那个据说性格豪爽的女人，她总是大白天或者一大早跑来敲我的门，在那儿说：“嗨，出去玩啊，外面有那么多稀罕的东西，你躲在房间干什么？”

有时候晚上她也来，还是用白天的口气。她说：“嗨，你出去没有？”如果我忍不住说：“没有出去。”她会拿出令人反感的坏笑并且质问，是不是房间里藏着什么人？情人或者仇人。

她认为我在密谋坏事，简直是踢打着我的门，咆哮着，用那种为天下人除害的精力和我较劲。

你想，我怎么可能放她进来。

可她总有破门而入的时候。就在前几天，她冲进来，检查了我房间没有任何人并且看我枯燥地坐在椅子上，立马失去兴致，带着怨恨的神态走出我的房间。过几天又会再来，同样用先前的方式对付我。

我在墙上用毛笔写：她是地狱。

我不得不做好一切准备来反抗她。首先关上窗户、拉上帘子，使我在房间一切活动的声音都传不进她的耳朵。其次将两个玉米掰断了塞进水壶煮吃。我没有更好的粮食。事实上我已经快要忘记还有哪些东西是像玉米这样带着清甜的味道。我喜欢这个味道同时也厌倦它。小的时候没有更好的粮食，我母亲就用它来喂饱我，因为匆匆忙忙从地里背回来，她又来不及洗手，直接给我剥开玉米，然后装进一只难看的水壶，煮熟了递到我的手中。我长年累月地吃它，长年累月吃这种合着母亲汗水一起煮出来的东西。我总是挑剔和发脾气，抱怨玉米不干净，有汗水的味道，它不甜不咸。我长得很瘦，是那种报复性的瘦，所有东西都喂不胖我。母亲甚至怀疑我会因此夭折。但是她有干不完的活，没有时间照管我，我只好长期待在自己的房间。因此，可以这么说，在那个时期，我已经为现在这种长期躲在房间的习惯打好了底子。

现在我躲在房间的习惯已经根深蒂固。简直可以说，只有独处让我感到自由，感到活着。然而，我总得换不同的房间，因为一个房间充满我所有气味的时候，我又不那么爱它了，对它充满恐惧。

眼下我住的这个房间是别人住过的。京城。从前我就梦想要来京城住上那么两三天，这个愿望在三十年以后得到实现。这儿充满陌生的气味，我便像野心家一样住进来，并且信誓旦旦要赶走这些气味，将它们转成我的。

好啦，开始诅咒我吧：这个变态的人。神经质的人。喜新厌旧的人。疯子和白痴的结合体。

不妨再将秘密说穿一点，那个脚步声是我故意引来的。“要适当敞开门。”我给自己下了警示。

然而，这个被我吸引来的人，她太有主见，简直带着强大的力量。我只好装作一副冷静的样子，等她破门而入，就将刚刚吃完玉米的好精神展示出来。她脸上挂着含有尘土味道的汗水，我却吹着冷风——夏季嘛，天气炎热——这样的比对肯定要让她怀疑某种事情的意义。

你在坚守什么？检查了一遍空荡荡的房间之后，她对我说。

我什么都不坚守。

显然这个答案不像出自真心，我自己也不太确信，但又解释不清。当然我也试图解释，比如我跟她说：“昨天晚上我也梦见一只蝴蝶，在窗子上飞了好几遍。”

她粗暴地“呸”了一声，说：“自讨苦吃！”

但是隔天她再来的时候，有了伤心的神态。她说，出门遇到黑车，又遇到骗子，这一辈子所有的倒霉事全赶在那一天降临。她肯定萌发了要加入我的愿望，用非常谦卑的语气说：“我和你很像啊。”

我说：“不像。”

我太了解这些破门而入的来客，过了今天，他们又浑身充满战斗力。

那天她非要让我讲自己的故事，为此流露出真诚的善意。这种目的性太强了，我早就看出来了，她要我证明自己的根系。或者说，她要我证明自己是个人，这样才会使她安心于自己旁边的房间住的不是一只野兽。

那么我又得回忆，回忆是我的忌讳。

然而，事情不如我想得那么难。我很容易就进入了回忆，仿佛专门等着有人给我提出这样一个要求，便顺理成章打开这道早已准备好的回忆之门，带她去看我那些不愿触及的往事。

我让她顺着那条河沟往前边走，踩在一大片水生植物上，然后带她去我家，进了我的厨房，指给她看那个只有五岁的小女孩——也就是我自己——她一个人在厨房里忙得不可开交……不，我形容错了——她一个人蹲在厨房的灶台上忙得不可开交。她手里拿着锅铲，翻炒着母亲摘回来的青菜。头顶上方悬着一把锯子，那是父亲作为副业的木匠使用的工具，它的锯片向下，每一次抬头，头都撞在锯齿上。可她并没有感到害怕。

当她从灶台跳下来取水的时候，是不会预想到三十年后的自己，穿着她羡慕的白裙子、凉皮鞋，蓄着长头发，戴着淡色花边的眼镜，领着一位怀疑她身份的陌生人来刨根问底。她当然是看不见自己的未来，但是她的未来看见了她。

“哦，我的菜煳了！”她喊。同时，旁边那口铁锅里焖着的饭也煳了。她左右都顾不上，从灶台上摔下去。

“好险啊。”我带去的人表示同情。现在她要开始同情我了。她从口袋里掏出一百块钱。啊，一百块不够解救这个穷孩子，要更多的一百，可是这些也不够。因为我还不能用未来的钱去解决我那个时期的苦难。谁也帮不上忙。 厨房里只能塞满我驱散不掉的味道。我弄砸了母亲交给我的粮食，但又没有勇气拿父亲挂在那儿的锯片抹脖子。我渴望长大，长大是唯一的出路。我又渴望上学，上学是另一条出路。

“好险啊。如果我不是向灶台的外面摔，而是朝里面摔，我就把自己煮了呀。”我说。

那人笑得很满意，她说，这是听过的最幽默的话。

她现在可以去看我的另一条出路。我上学的路。

我长得高了一些，年岁也大了一点，十三岁，领着一位武功高强的亲兄弟——那阵子他热衷于乡政府电视上看到的那些武侠片——他走路相当轻巧，像草丛里的蚂蚱。我们打仗一样走在那片雪地上。我们扛着漆黑的火盆，连多一只的火盆也有不起，所以我们俩轮换着提那只火盆取暖。我兄弟因为武功高强，可以把即将熄灭的火重新摇燃——这种抡马鞭子一样的技术只有他耍得好。而我缺乏这种本事，火盆如果要熄灭，我就用嘴去吹，吹得缺氧，吹得天旋地转。

“我的鞋子破啦！”我兄弟惊叫着蹲下去，扯住已经从脚踝上脱下去的半边胶鞋，无助而又担惊受怕的样子。“爸爸妈妈要打我了吧？”他带着哭腔。我看见他的两三个脚指头露出来了，冻得通红，像刚刚出生的小耗子。

“我背你。”这个时段的我很想走上去说。可是，同样的，我不能用未来的力量去帮助他解决这个麻烦。

事情当然要靠他自己摆平。我提上那只火盆，等着我兄弟从雪路下方刨出一根草藤，将鞋子左穿右穿，扯紧了绑住脚跟。这样算是大功告成了，勉强可以走到学校去了。

然而，我们还没有走到学校。路太长，走到一半忍不住饥饿。我们蹲在一户人家的房子背后，把鼻子尽量支出去恨不得堵住那家人的烟囱，把他们家里顺着烟囱飘出来的肉香全都裹进肚子里。

“臊皮不臊皮？”我奶奶知道后问我们。

“臊！”我兄弟回答得十分响亮。

我们的求学之路太困难了。当我从那所学校跑出来，父亲用愧疚似的语气问：“你会不会后悔？”我竟然半点不考虑，几乎要扯起嗓子来回答：“不会！”

我从学校跑出来的样子又狼狈又疯狂。我始终没有回头看一眼学校，一脸麻木的倔强，高高翘起我的上嘴唇，像姨妈形容得那样，好像谁欠了我一屁股钱。

现在我从回忆中出来，看见她的脸变得十分复杂。

我现在是一座孤岛，我在岛上的所有事情，都很难转达给外面的人。我跟她说。她很同意这句话。从我的回忆中，她似乎也想起了自己的一些不顺心的往事，因而比较诚心地说，每个人都是一座孤岛。

可她不是孤岛。她是搞破坏的，永远在门口踏着步子，时不时喊两声，嗨，你屋里是不是藏着一个老情人？她无聊，八卦，神经质。我看她总有些不顺眼，黑皮肤，小个子，穿一双防水台老高的笨鞋子，撑着那细腿上方的扁平屁股和不太招人的胸，微微驼背，微微地伸出一只手，拨弄几下有点乱的头发或者悄悄照一照镜子，看她的皱纹是多了还是少了——我几乎不用细致地亲自看到，也能从那少许见面的几次轻微举动中，对她的一切了如指掌。她要晒什么太阳呢？每天往外面跑什么呢？风景越看越伤眼睛，皱纹都挤出来了。

当然啦，我偶尔也将窗户开一条细缝，让少许的阳光透进来。没事干的时候，我用一只盆子接住它，然后手中握半个玉米，在盆子周围走上几圈，让脚步声也传到外间去。

如果她赶巧在我做这些的时候走进来，两眼就会射出无趣的光，她会说："以为你躲在房间里做成了什么大事！"我肯定也会反驳，像我这种性格，不可能吃嘴巴上的亏。于是，我也模仿她的口气说："你在外面也没做成什么大事。"

情况就是这样，我们充满敌意，但又不强烈仇视对方。隔三岔五，她就在门口大声跺两脚，我对此习惯性关上门窗，尽量减少她破门而入的次数。

假如她还是不甘心，要在门口重复一句："以为你躲在房间里做成了什么大事！"那我必然也要回一句。

恐惧症患者

来福路上的晚风吹到巷子里，吹进我们的窗口，窗户只留了一条缝。但是现在窗门被吹得闭上了，外界的一切就只剩下一阵风声。这种天气我和朋友是不打算出门的。这儿的很多人都不会出门。

可是他不能长久地保持这种好心情。我说的就是我的朋友。他是个恐惧症患者。

我作为他的朋友，如果不能及早地了解他的脾气，往往是要吃亏的。比如眼前，天气不好，我们只能坐下来闲聊。我能提一些简单的问题，之后就最好不再说话，当一个哑巴听众，否则我可能会被凶狠地赶出去，顶着大风吹乱的头发回到自己的家中。那是非常要命的。我不想回去。因为我住在这个朋友家中很久了，差不多要忘记自己居住的那间房子的所在。不过，这或许算不得什么大事，很多人跟我的情况也差不多，他们就像我和这位朋友一样，互相迁就，一起交租，搭伙住在一个房子里，而他们原先居住的地方已经被舍弃。和我一样，他们差不多忘记了回家的路。

我们就成了这样一群别人传说的没有故乡的人。对，实际上我们原本住得很远。

不过话又说回来，我也时常怀疑自己在原来的故乡是不是真有那么一间独立的房子。即使有，那儿或许已经住着别的人。可能从始至终就是住着别的人。我无处可去。住在这儿的人都无处可去。

现在我们已经习惯住在一起了。事实上我这位火爆脾气的朋友也是有点怕我的，他虽然可以将我赶出去，但他同时也害怕被我先赶出去。这所房子不属于他也不属于我，我们的权利是同等的。

住在巷子里的人都会克制自己的脾气，尽量融入集体社会中。我们还算团结，也尽量地扩充人数，号召有才能的人作为社区管理，使社区生活更加丰富。我们这儿的人喜好种花，在屋檐下的每个门前都摆上一盆。然而我们的队伍始终是小众的，经过努力依然没有招到新的住民。年轻的面孔越来越少，孩子根本看不见几个，从我们住地门口路过的人匆匆就走了。“这是什么胡同啊？像牛角尖。”我们对这样的评价已经看淡了。

总得有人留下来。“不能让荒草占据这片先祖创建的文明巷。”他们这样说，并且对这儿的一切充满深情。

可是这儿已接近于荒废。

我和我的朋友住在这儿很久了。他想搬出去。每时每刻。他计划好了，要当第一个冲出去的人，冲出这片老掉牙的地方。反正这儿对他是没什么意义的，他说：“这儿很快就会垮掉的！”

他越来越害怕，整夜失眠，半夜爬到屋顶上坐着，或者躺在房梁上。这样会让他减轻心理负担：万一房子塌了，他还在皮面上，不至于被压成一堆灰。

他在房顶上坐了很长很长时间，房子也没有塌下来。倒是这儿的人很感激他，自从有了这样一个人，这片住地上的小偷几乎没有了。现在大家都在商议是不是该给他开一点工钱。只是这里突然多了很多的流浪猫和流浪狗，这些被外界丢弃的小动物全都跑到这儿来了。它们的眼神哀伤无力，终日小心翼翼地流窜在陋巷之中。如果我的朋友可以将它们请到别处去，或者将一部分请到别处去，不要让它们全都堵在这条巷子里，就更好了。大家就完全可以给他开一点工钱了。

然而我的朋友更加恐惧。他的心思根本不是人们期待的这些任务。他有自己的事情要忙呢。

“这儿很快就是它们的地盘了！”他说。

他终日叨叨，快要疯了。

终于，外界有了新的事物出现在我们眼前，是出现在我和他的眼前。就在我们两人租住的房间门口，摆着一辆黄色自行车。看报纸上说，这是新事物。非常环保，也很省钱，又能锻炼身体，所以人们简直喜欢疯了。几乎外面的车道上每天都有大批量的人骑着小黄车上下班。我的朋友也高兴疯了，要在这几日就搬出去。

可他还没有做好十足的准备。出去之后的住所没有落实好，新的工作没有找好，新的家什也没有准备好。

但是黄色自行车真是让人高兴，只要拿起手机，输入车牌号获取开锁密码，这辆车就是你的了。想到哪儿就到哪儿。我的朋友高兴了一天，又开始害怕，他想到了一个很严重的问题，他说：

“我们这儿肯定有人也想搬出去！”

这是不允许的。他要做第一个搬出去的人。

可是黄色自行车已经出现了。它肯定是有人从外面骑回来的。对于这件事我们这儿的大部分人都表示理解，早就料到了，总会有人出去的。

这天晚上我的朋友是铁了心要走。我已为他准备了离别的情绪，像告别一个可贵的灵魂，它终于要冲破它的拘束到别的地方寻求新生和自由，我已完全进入感情，眼泪会在他出门走两步回头的时候流给他看。可是他走到门口又折回来了，我的情绪也就瘪了下去。现在我只能说，他和我们这儿的一些人一样，出走的想法仅仅是个想法，他是智者中的一员，感性控制不了理性。他不能做任何盲目的行动，又把行李扯出来摆回原样。

“你想好了？”

他不回答我的话。

之后，顶着夜色中带有桃花气味的长风，他走出去看了看那辆自行车，现在他完全放弃要出走的想法了。因为他已经开始相信我的话：外面很多人遭遇的问题，和我们这里的差不多。事情不是我们想的那样，有了这样一辆车子想去哪里就去哪里。有一部分人不允许我们这样做，不允许人人得到自由。停在我们眼前的黄色自行车，它的牌号被刮掉了，前后驮着的不是一个自由的代码，而是一个失去自由代码的伤疤，没有牌号谁也不能获取开锁密码，它不是共享单车，而是那个破坏它的人的独享品。报纸上说了，像这样的车子在外面的路口停着很多辆。而且这车子本身也很奇怪，它原本可以更先进，可以设置得更智能，但它偏需要人工解锁，前后的号牌和车轮子轻易就能破坏。它不像是来给你自由和方便，而是来考验你可以获取多大自由和方便。

我的朋友折回来。他的恐惧是消不了的。他眼神呆滞地望着这辆被刮去号牌的单车。谁知道他在想什么。

煤老坎

煤老坎住在一所民房里，以送煤球赚点力气钱为生。一个煤球最多赚一毛钱。这就意味着，他每天要送至少五百个煤球，才有生活费、房租费，还有他的小费。

煤老坎的小费不包含在生活费里面，他认为的生活费，那只是单纯的吃饭费。小费用途很广，比如鞋子和袜子磨破了，那是要开小费的单子去买；衣服裤子磨破了，也要开小费的单子去买；还有帽子，还有搬煤球用的手套，那是非开小费的单子不可。总之，小费的负担很重，除了这些单子要开，还要开几两酒钱的单子。

小费其实就是零花钱，但可爱的煤老坎，看完电视剧后，学来“小费”一词，从此就爱上这个词。

煤老坎的老家在乡下，他没念多少书，人长得也不好看，这个不好看，与他的个子有点关系。他很矮。人矮，而且又不好看，大概种地也讨庄稼嫌弃。就像那些二杆子走路，总是讨狗嫌弃。

他说，那苞谷看到我就站不稳，人家的苞谷长得粗邦邦的，只有我的苞谷长成细腰杆，它们全都想要趴下去！他很愤怒。他从来不承认自己不会种苞谷，不会下肥料。

在种苞谷的地方长大，那他的家一定住在山区，即使不是山区，也一定很偏僻了——从他形容那些石头的表情里，可以想象出几座陡峭的大山来。

煤老坎小时候是个羊倌，实际上也不小了，六七岁了，这个秘密是他喝醉酒才说出来的。说完之后，酒醒之后，那就打死也不承认自己放羊的时候穷得穿不起裤子，一口否认自己光着沟子放羊。成都人喊屁股是沟子，他学会了，也整天沟子沟子的。后来又跑来一重庆帅哥，那重庆帅哥把沟子又升一级，叫“箩篼”。煤老坎不喜欢箩篼这一喊法，觉得太对不起沟子。

刚来成都时，他去应聘，站在那块明晃晃的比他还漂亮的大玻璃窗下，看着负责招聘的美女，煤老坎心花怒放。也不能说他色，只怪这等美女在乡下难得看到。尤其那穿着，在乡下，你把眼珠子抠出来粘在那姑娘身上，也看不着想看的。想看什么呢？他是男的，用他所说的沟子想一想，也能猜到他想看什么。

那美女穿的衣服很性感，紧身的，而且领子还开得有些低。菩萨保佑，煤老坎终于不用扣眼珠便看到他想看到的了。但也只是偷偷地瞄几眼，他属于比较闷骚的男人，心里烧成火海了，脸上也有紧张失措的表情了，就是不能学会其他人追女孩的那一套，稳稳的，斯文的，跑上前说几句赞美的话。

也许他是会赞美的，只不过，这次算是煤老坎的情窦初开。情窦初开的人一定要有足够的紧张，而且还要有点胆怯和羞涩，否则就是情窦乱开了。

煤老坎有几个好朋友，那是他后来认识的煤哥儿。煤老坎跟他的煤友说应聘的好事时，只说那美女的衣服穿得好，实在好，那身材更好；但绝口不提自己光顾着偷看美女，在那块漂亮的玻璃窗下站着半句话也说不出来，连美女真实的样子也没看清，最后那美女喊他出去，他就出去了。

煤老坎出去以后，就再也没去什么工厂应聘，哪怕去应聘一个清洁工，他也不干了。他受不了招聘者冷漠的眼神。他往乡下的老家去了一趟，把他家耕地的牛偷偷卖掉，为了卖那头牛，挨了他爹一顿揍。走的时候还是承认错误，并且下了保证，等他赚了钱，买两头牛外搭一牛犊子还给他爹。

回到城里，煤老坎买了一辆二手的人力三轮，到煤场拉煤球，走街串巷，挨家挨户地送煤球，赚一点脚力钱。

把牛卖掉以后，牛要走的路，以后就得他来走了。煤老坎的脚还是很有力的，蹬车时，身子很有节奏地左右倾斜，给他的脚添力；蹬久了，他也摸着了经验，很干脆地站起身，站着蹬车比坐着蹬车有力。

煤老坎一蹬，蹬了十年。十年，足够一个小伙子从青年跨到中年了。他来城里的时候，已有二十多岁。现在他三十多岁。准确地说，他三十九岁了。但是他还没有娶着老婆，所以要说“三十多岁”，多几岁，那是要隐瞒的数字。这是煤老坎的朋友出的主意，要他尽量去隐瞒自己的年纪。

男人三十而立，确实，他一直立在三轮车上。

煤老坎住在民房里已经十多年了。那个胖乎乎的女房东，她喜欢讲故事，讲古有包青天，现有煤老坎。煤老坎就是讲完包青天之后接着讲的，人们很自然就把他们拴在一起，一想到包青天，接着就是煤老坎；一想到煤老坎，接着就是包青天。有这种联想，可能是他们脸上的肤色有着相同的渲染。

煤老坎年纪大了，用他的话说，就是老了。他不再一味地站着蹬车，骑到稍微陡坡的地段，也不起身使力了。他会平静地跳下三轮，稳着车头推上去。他的心气和自己的骨头一样老去。

他每天骑着煤车来回奔跑，却一点感觉不到这是多么急忙的事情，就算真是在赶时间，就算天已经开始下雨，或者季节早已轮到冬天，都飘雪了，煤老坎的心里还是装着一股慢腾腾的懒散之气。

他还没有真的老，但已经开始模仿怎么老。至少他的身体开始不停地模仿。这个模仿丝毫不受他的思想控制。他并不想这么快就静下来，老下去。他给他爹承诺的两头牛外加一牛犊子，现在还没有着落。煤老坎一想到这件事，眉头就紧紧皱在一起。他坐在出租房门槛上抽廉价的纸烟，往上吐一口烟子，额头便布满了许多可怕的皱纹。他的朋友安慰他，那不是皱纹，那是抬头纹，抬头纹什么年纪都可能有。但煤老坎清楚，他好像真的老了，实实在在地老了。这种老是从心里发出的信号。他最近腰总是痛，脚心总是痛，两只肩膀总是痛，他以前使用起来非常灵活的、用来辅助蹬车的所有身体的零件，都开始出现罢工的状况。

煤老坎以前要拉一车满满的煤球，甚至还可以超载，但现在他只拉半车煤。他挣的钱越来越少，小费真正回到“小”字上。

这个“小”还出现在他的日常生活里，仿佛一件隐身的马甲，他一直穿着，现在才有感觉。煤老坎的饭量小了，这是先来的第一种小。他的胃在缩小，这是叠在饭量上的小的源头，就像一条河水的源头，一个屋子的地基。往年，他吃饭要端大钵，不是普通的碗，也不是大一号或大几号的碗，直接就是一个固定型号的大钵。他称之为“钢钵”。那时候那些饭菜，即使不是什么好菜，他的胃都可以接纳。现在不行了，他的胃越来越有脾气，他身体里面的东西，都越老越有脾气。

煤老坎跑到卖厨具的铺子里，买回一个袖珍型的小碗，那个小碗就像乡下人用来喂娃娃的，碗的周边绘着两只鸟，他说是鸟，实际上是鸳鸯。他觉得，他现在的胃就和鸟的胃一样小。他每顿盛半碗饭，慢慢地吃，好像要数清米饭的数量。

他以为他真的老了，就这样老下去，直到老死。但没有，临老还有几步，他累病了，糊里糊涂就进了医院。

煤老坎躺在病床上胡思乱想，想起他当年卖掉的牛。现在，他就是那头牛。他感觉。

他的胃插了许多回管子，医生每插一次管子，都好心地问他痛不痛。煤老坎摇一摇头说，不很痛。

他的胃早就缩小了，就那么一个小东西，痛不痛都无所谓了。他不关心自己身体的零件，就像那些家伙无情地想罢工就罢工，丝毫不考虑他的感受。到了这个年纪，身体与躯壳互相容忍够了，开始互相报复了。

医生是不容许这种报复发生的，他们给胃消火，讨好一般，还把煤老坎推到外面去晒一晒太阳。这是煤老坎打工以来第一次好好地晒太阳。在这之前，他并不真正知道太阳晒在身上的感觉；在这之前，他奔忙在太阳下，只感觉阳光的火热，只尝过被阳光晒出的汗水，和泪水一样，都是带咸味的。他坐在轮椅上，闭着眼睛，感受着风吹在脸上的舒服，又好像闻到一点什么花香。

他想吃点东西了，已经住进医院好几天。他感觉自己的身体有了好转，胃开始恢复它最初的功能。煤老坎慢慢爬起来，弯着腰杆在病房里慢慢走路。

女护士经常来探望，偶尔给煤老坎倒一杯水，或者问他饿不饿，要不要叫一份外卖。煤老坎的心里温暖起来。长这么大，除了他的父母，还没有人对他这样好。他完全不想这是他交了钱住进来的地方，照顾病人是护士的本分。

当年他第一次见着的女人，那个令他说不出话的妖艳女人在心中已经消磨掉了，好像是被煤的黑色掩盖掉的，煤球在那段时间，仿佛一把快刀和一块魔石，总之，他的脑子里最后剩下的只有煤球。他的生活也只有一种颜色——黑色。他现在看到的护士，穿着合身的白衣服，像个女神，不，是女菩萨。

煤老坎的病好了。出院后，他特意买了一件红色的衣服，好像本命年一样，神气地穿在身上，仿佛穿着一个鲜活的太阳。他遇见女人也不那么害羞了，他跟她们说话，很斯文地说家长里短，鸡毛蒜皮。

他给女房东讲他在医院的故事，因为故事太长，女房东不能替他宣传，他便自己讲。

煤老坎的故事说得不如成都名嘴李伯清的散打评书好听，但用来饭后消磨时间，还是很有闲趣。

煤老坎又回了一趟乡下，这回，他带来一个女人和一个孩子。那女人是离异的，煤老坎的煤哥儿们开玩笑地说，那孩子是给煤老坎的"赠品"。煤老坎听到了只是嘿嘿一笑。

女人个子比煤老坎高，长得不怎么好看，但是对煤老坎很好，她的儿子对煤老坎也好。这女人怎么看上煤老坎的，可能只有一个原因，那就是煤老坎比较本分，又能吃苦。在乡下，能干活的人和能干活的牛一样受人喜欢，这女人之前嫁的男人，就属于不干活的人。如果是头牛倒好，女人可以学煤老坎，拉去将他卖掉。

煤老坎的身体虽不如从前，但干活比从前更认真了，好像力气也回来了，他又能站着蹬车了。男人三十而立，现在应该改一改。煤老坎四十多了，还直直地立在拉煤的三轮车上。虽说那腰杆明显没有力气，但那份责任感使他的腰杆挺得直直的，你表面看去，好像有用不完的力气。

那一天下雨，煤老坎的煤车走得很慢，煤球上罩着一张薄胶纸，好像要被风吹开。他这回完蛋了，正处于上坡，推着车往上爬的时候，雨水下得紧起来。这时他的女人带着孩子追上来了，原本是来送伞，来得巧，正好帮个急忙。

三个人在雨水里推着煤车，那小孩的身影，就是一个小小的蓝色的点（雨衣是蓝色的），他甚至不能完全穿下那件雨衣，雨衣的后角长长地拖在地上。他踩着煤老坎的脚印，模仿着煤老坎使力的样子，把腰杆弯下去，像一把拉紧了的弓，然而，他并没有多大力气，只会把穿在身上的雨衣拖得更长。

煤老坎很大声地喊："你快带娃儿回去，不要淋感冒了，快回去！"

煤老坎在雨中推着车，雨水顺着他的头发流进嘴巴。他身上不穿雨衣，一只手拉着车把手，另一只手稳着车厢。女人递过来的雨衣被他盖在煤球上。雨点无遮拦地砸在他身上，就像砸在乡下的土地上。煤老坎可能也真的以为自己就是土地，不需要躲避风雨。他们一家人推着车慢慢上了坡。

武生

朋友跟我说，曾经在这个城市出现过一位乡间来的武生，他的生活遇到了困难，要来这座城市闯荡。他闯荡的方式很特别，人还没有到，名声就已经很响了。人们提前几个月做好了准备，捏紧拳头等他。

这位武生只有一门绝技——硬气功。他的谋生手段就是用硬气功挨打。

会硬气功的肯定不止他一人，但用硬气功挨打的绝对不多。没错，他的表演就要开始了。“我挺直了腰板就是为了挨打。”他的口号就这样响起来。他下定决心要在这里扎住脚。

类似的事件曾在网络上报道过，以前有人也用这个方法，后来他们就走了。或者没走成。反正很长一段时间没有相关的消息。“没有人挺直了腰板是为了挨打！”人们说。但是他们很期待这样的事情还能重演。毕竟只有小部分人见识过挨打，也只有小部分人尝到了打人的滋味。现在机会来了。机会是属于这个城市的。他们希望这个武生真的有点本事能在这儿多待一段时间。

武生四十五岁左右，他相信自己在这条挨打的路上可以大获全胜。因为他坚信没有人会真的对他动拳头，根本不会有人当真，他们只会帮助一个暂时落魄而身怀绝技的人，谁会去削弱一门可贵的绝技呢？所以，他们只会希望他把这个绝技教给更多人。对，他是这样认为，因此走在通往这个城市的路上，他心情愉悦，两眼放着胜利者的光。

他的表演场地就设在如今我居住的这条巷子的背后。那儿眼下已换成了一个卖烧烤的小摊子。

据说人们在那场表演中尝尽了甜头。

可是武生也不弱，在陌生的大街上扎稳了马步，身边没有一个助手，也没有亲人，所以他和人们先前谈好的打一拳多少钱，打两拳又是多少钱，就没有一个可以信任的帮手为他记账。可是这些都不会影响他施展绝技。他必须施展绝技了。既然人们不是预想的那样拜他为师，而是真的对他动起手来，那就这么干吧。他的马步扎得有模有样，一看就有真本事。

他们这一门派的马步功夫相当扎实，武生站在那儿稳得像一座山，一副打不垮的模样。可是妇人们却觉得他很凄凉。因为他正巧赶上秋天，这儿的绿化做得非常好，栽的尽是落叶乔木，这个时节最显眼的就是四处乱飞的树叶子。他站在树木集中的地段，树叶子一张一张地落在膝盖上，又从膝盖掉到地上，风也不小，吹得他的眼睛睁不开却要使劲睁着。这个场景对她们触动很深，只觉得到处都是树叶，到处都吹着清寒的风，眼前这个人实在有点可怜。“真是的……”她们不知道说什么好。但是她们很快就不纠缠这件事了。因为孩子们希望走近一点观看，他们想知道父亲是怎样打败这个身怀绝技的人。父亲们早就将这个愿望告诉了自己的孩子，他们保证要同心协力把这个身怀绝技的人打回乡下去。

武生低估了一些对手，他们是不按规矩的。他的脸已经肿了。他的鼻子也肿了。他的脑门比平时高了一点。他感觉下巴歪了一些。他的牙齿缝隙里冒出一丝腥甜的味道。更可恨的是他的视线出了问题，分不清具体是谁打了他，讨钱也找不准人。

那些人打累了，心情也好了，他们散去了。但是那天之后这些人就再也不从这条街上过了。武生独自等在场地上，看着他的场子周围无数盏夜灯，像很多个空荡荡的灵魂。

我的朋友说，武生只在这个城市出现过一天，那天挨完了打躺在树叶上，他收起了硬气功，所以躺在那儿的样子像一片薄薄的蝴蝶。他当天就回乡下去了。

我问我的朋友为何如此清楚那位武生的遭遇。他不作声。

其实我这位朋友也喜欢练功夫，有时候他把肚子鼓起来，像个硬气球，然后跟我说，来，你朝这儿打。我就真的往他肚子上狠狠打一拳，之后他便得意地说，你感觉怎么样？是不是像鸡蛋砸石头一样？

虽然他在工厂上班，每周倒班一次，闲着的时间不多，但他依然坚持每天练习。他以前练什么我不清楚。现在练的卧虎功，据说是绝技之一，用于抗打的功法。他的双臂弯曲，两脚向后稳稳地扎住，眼睛瞪向前方，看上去真像一只卧在山间的猛虎。

途中

那是个夏天的傍晚，闷热，车子坏在途中。

我从车上下来，遇见一个邻村的熟人。他三十一岁，个头矮，说话谦和，只是两眼无神，皮肤黝黑，看起来有些可怜。

但是这一天他是梳了很好看的发型。以我的经验判断，这个发型起码在他的头上摆了三天：表面浮着头屑以及睡眠残留的痕迹。他肯定是用梳子刮了几下，使这个发型看上去像是新的。

司机在诅咒老天爷，摆手，挥汗如雨，站在路边像一头可怜的老黄牛。“这样的烂天气，我得罪你噢！”他无奈地转身对我们说，“只能在这里住一晚。实在要走的，我可以帮你们搭车。”

没有人要他帮忙搭车。顺路的车里塞满了人，没有余座，看一眼就让想搭车的人退了三步。

我们一群人像土豆一样被车子倒在山沟里，前不沾村后不着店。眼前独有一家脏乱的私人房子，三层楼，底层像是商店，又像是赌馆。老板娘是个肥胖的妇人，说着满口彝腔的汉话。

我的熟人曾经是个铁杆赌徒。听说他的手可以很灵活地换来他想要的牌。可惜被逮着一次，他的指头也就少了一个。现在自己不赌了，看别人赌。我下车时问他在这里干什么，他嘿嘿笑说，有朋友在这里打牌。

他和老板娘很熟悉，在说一些荤笑话。

客人们花了昂贵的价钱住进了这家灰扑扑的路边旅店。女客们滑稽地捏着鼻子往楼梯上走。她们自己的房子不一定比这里干净，但此时一定要作出一副很讲卫生的模样，她们吐着口水，用什么东西赶着灰尘和苍蝇，汉人用汉语抱怨，彝人用彝语抱怨，然后走进二楼各自的房间去。

这一车旅客外地人多，应该是去什么地方走亲戚，他们的口音实在难辨。余下的一部分，大约和我一样是从本地出去打工，几年回来，穿着光鲜的衣裳，操一口外地普通话，一副荣归故里的样貌，看见这样脏乱的旅店，自然也要捂一捂鼻子。

老板娘将客人引上楼，叉着腰杆风风火火往楼下走的时候，脸上的笑全都消失了。她显然很讨厌别人对她的旅店发出抱怨。

“一群骚货！老子什么人没见过？从来没见过你们这样屁话多的。呸！学会刷牙的人瞧不起不刷牙的人。哪个不晓得早几年都不刷牙！”她孙二娘般的眼眉上挑着傲慢和愤怒。

“说你不刷牙吗？”我的熟人眯着眼睛。

“偷偷在说闲话呀。还包括你呢。你笑个鬼！说我们的牙齿像涂了一层——啊——黄蜡！”她被自己的话呛住，往地上吐了一泡口水。

“你亲戚吗？”女老板来到门前，指着我问他。

熟人点一下头。

我因为是“亲戚”被安排在三楼。

“三楼干净。”女老板平静地跟我说。

三楼确实干净。站在阳台可望见河沟里的水以及河边的土地和在对面坡上放羊的孩子。那些孩子正赶着羊群准备回去。我歪着脑袋瞟了一眼楼梯，通过一道木门，可以到楼顶吹风。

“楼顶肯定凉快。”我说。

“是凉快，给三十块钱就可以上楼去凉快了。”她半开玩笑的样子。

老板娘下楼以后，我去了楼顶。虽说是脏乱的旅店，楼顶竟也种了花草，看样子都是山上拔来的，栽在废弃的盆子里。

这里地势虽然处于山沟，但属于高海拔地带，天光暗下去以后，穿单衣站在楼顶感觉有些冷。

我的熟人也上楼顶来凉快了。

底楼的灯亮了起来。我很奇怪不是普通的灯泡，而是几大串彩灯挂在门口的一棵老树上。那棵树像圣诞老人一样穿着彩灯站在那里。

老板娘换了一身红花的裙子，黑色的脸在彩灯下看起来很柔和，笑容粘在唇上，她变成了一个美丽的妇人。门口突然多出许多男人，叼着烟，热火朝天地在说一些关于女人的话题。

老板娘抱了一箱啤酒往侧门的房间送去。那间房子里传出女人嘈杂的笑声。

“要下去吃点东西吗？和你一车的人都去买了饼干和泡面。”熟人打着叮他的蚊子说。

我的胃很想装一碗热腾腾的米饭，一路坐车吃的全是泡面，想想泡面的味道就够了。

“有米饭吗？”我希望他说有。

“没有。”熟人摇头，但他又很快说，“有烤羊肉，也有烤洋芋，还有烤小猪儿肉。”

我听见“烤小猪儿肉”，耳朵都要飞出一张嘴巴来。

我闻到一阵肉香。那是从底楼烧烤架上飘来的。我低头看了看，肉片铺在架子上，冒着青色的烟。老板娘摆了几张桌子在彩树边。二楼的女客也抵不住肉香下楼去了。她们这时候不在乎卫生不卫生，也不管老板娘看她们时孤冷的眼神。

我也随即下楼，选了靠屋檐的桌子，要了一份烤洋芋和小猪儿肉，还有一碗白开水。熟人与我同桌，他自己也点了几串羊肉。

“老板娘，来新货了吗？”先前在楼下抽烟说笑的男子在另一张桌子上与老板娘说话。

“新啥子货？原来的也不旧嘛。”老板娘头也不抬，麻利地往肉片上撒盐，刷辣椒粉。

“那么多，我们以为……”他们不往下说，转成了哈哈大笑。

“没有望见车子坏在这里呀？”老板娘重重地说。这回她抬起眼皮，瞪了那些人一眼，指着其中的一个人说，“不要光顾着新货，钱都没有还想新货？上次欠的钱还没有还得清！再不还我，问你婆娘要去。”

“不不，我会还……会还的。至少今天晚上不会赊账。”那人求饶似的摆着手。

熟人吃完了他的羊肉，与对面桌子说笑的人喝酒去了。他们气势磅礴地在那里干杯，说一些江湖中才用的豪言壮语，什么情义，什么兄弟，什么女人如衣服，然后争抢着付那一桌子的酒肉钱。最后是那位欠钱的男人抢赢了，他喝了酒胆子也大了，记性也丢了，忘记刚才还被老板娘讨债。他晃晃悠悠从我桌边走过去，对老板娘说：“记……记在……在账上。”

他晃到路边呕吐去了。

老板娘嫌恶地望着酒鬼的背影说：“死远点去呕！”

熟人又从那张桌子转到我身边，他的脸已经红得像猴屁股，手脚不听使唤，摸椅子坐的时候差点摔在地上。他狼狈地流出一些口水并粘在下巴上，像一只无力的哈巴狗将脑袋摆在桌子上。他用一只手掌托住半边脸。

熟人的同伴都走进有女人笑声的侧门里去了。那道门内放着舞曲。舞曲只在晚上才放，白天没有听见。

“想去里边坐坐吗？”熟人喝下醒酒的醋，山风让他的神志清醒了一些。他神秘地笑了一下说：“那里可以跳舞，还可以喝酒。”

“封闭式的酒吧吗？”我把那碗白开水喝干。

“不全是。”他问，“要去吗？”

“可以。”好奇使我不能拒绝熟人的提议。

侧门开了。门缝里飘出一股呛人的烟味。烟雾缭绕的灯光打在乱哄哄的一群女人身上，她们围坐成一圈，中间摆了一张大桌子，桌上站着酒瓶和杯子，什么人过分地将袜子也脱来扔在桌子上。

“关门关门，快！”女人们吼着熟人。她们吼完奇怪地望着我，随后又好像破了什么大秘密一样脸上布满了笑。

“妹子，随便坐嘛。今天来的吗？”她们指着倒在地上的一个板凳对我说。

“今天来的。”我嘴上这样回答，心里却是一阵别扭。

在烟雾里待了一会子，眼睛适应了，我这才看见她们一色地抹了脂粉，涂在唇上的口红已兑着啤酒喝去一半。一些男人在说笑。一些女人喝醉了在跳舞，甩着她们女鬼一般的长发。

“哟，小黑哥，有自备的还来这里干什么？”一个穿绿衣服的女人醉醺醺提了酒瓶站起身与熟人打招呼。

“王琴，不要瞎说。”熟人走到与他说话的女人身边，毫不避讳地与她拥抱在一起。“喝那么多酒干啥子？”熟人温柔的样子。他是已婚的男人，我从来没见他跟自己的老婆这样温柔地说话。

女人暧昧地拍了一下熟人的头，“我死醉的样子，讨人厌是不？”

熟人和叫王琴的女人旁若无人地说话。所有的人都旁若无人在说话。他们像处于一场乱纷纷的梦境，我像周公一样立在门背后。或者，我才是处于梦境里。

“烟味大，我要上楼睡觉了。”我找了个借口，说着就往门外走，熟人回身没有来得及说话，他的王琴立刻走来拉住我的手。

她拉住我也没有说话。我看见她微笑的眼角扯出几丝皱纹。

“你也是跑了几年江湖的人，这样的地方有啥好奇怪的吗？我们镇上也不是没有这样的地方。那个徐老太婆，你不是也晓得嘛。对不对？”熟人跟上来说。他的女人——我暂时这样叫她——猛力地点头，表示这样的地方真的没有什么好奇怪。

“人要活得潇洒点。其实，我只是好意让你看看我喜欢的女人。真的没有别的意思。”熟人又说。

“你喜欢的女人？”我已经猜到。

“对。”他拉住王琴的手，“就是她。”

“啊，快要结婚了吗？”我故意恶心他。我已经知道侧门里的秘密，清楚这个女人的职业了。

女人可怜兮兮地低下头，脸有些红了。我装作没看见。

“我在赚钱。等我赚到钱就可以在镇上开个小商店，我就可以和她在一起了。你暂时要给我保密呀。”熟人深情地望着王琴，“这些年，我像野人一样活在山上。山上的女人不懂爱情（他的脸红了一下）。以前有汉人天天跟我说他的爱情，我就搞不清楚爱情是个什么东西。现在我也晓得爱情了。”熟人紧了紧握着王琴的手。

这样说来，我的这个熟人就要准备为眼前的女人抛弃一切了。

“爱情真伟大。”我冲他笑了一下。其实我更想说：“爱情真残忍。”

我想起他的老婆。土生土长在山上的一个彝族女人。十七岁与他成婚，如今生了一男一女，成天做着繁重的农活。潇洒的熟人因为娶的是一个不懂爱情的女人就要抛弃她了，可是她不知道。她怎么嫁给这个男人的也不会很明白，长辈们说要嫁给他那就要嫁给他。长辈的决定都是对的。她不能有勇气逃婚。她不能有什么选择。她也一般不会有选择的想法。她和大多数彝族女孩一样，或骑马或走路，热闹地嫁过去，然后生儿育女，过几年后，她要与大多数妻子一样，忍受丈夫在就近的镇上或别的镇上去嫖妓。嫖一次一百三，于是所有嫖妓的男人的绰号都叫“一百三”。对于丈夫的花心，她们会报以一番诅咒，最恶毒的诅咒是“雷劈死他”。我能想象到，此刻，她多半还没有休息，蹲在火塘边缝补衣裳或者推磨，磨一些明早喂猪要用的苞谷面，或者，她也坐在火塘边诅咒。就像我小时候听过的那些彝族婶子们诅咒她们的男人一样，一边拿了火钳流着眼泪翻火炭，一边找着各种各样的话来诅咒。但我很清楚，咒完了就完了。她会和我的那些婶子们一样，多恶毒的话只是骂给自己听。她们自己辛苦得来的零用钱，最后都要献出来给他们的男人去找“一百三”。我还能猜到，熟人明天回去，她的饭照样熟溜溜温在锅里，家里大小的事情都理得很顺，除非她生了病，不然不会有猪从圈里饿得跳出来。

我小时候见到的所有的婶子们，她们都是那样过来的。当然，她们不懂什么叫爱情。

我望着熟人的脸孔，他深情的双眼投在叫王琴的女人的脸上。因为这个女人是懂爱情的。

“她懂爱情为什么还要……”我突然止住这个想法。

“我们山上的女人都不懂爱情。”熟人摇头，他看我望他一眼，赶紧补充道，“除非是读了几年书。”

我没有继续听他的道理，一个人走到楼顶去吹风。

晚风在山沟里轻声地跑着，近处的树叶沙沙在响。水声这时候听来实在寂寞。楼顶没有灯，我坐在楼板的边缘，尽量让眼睛可以看到楼下的灯光。

熟人和他的女朋友在楼下又要了些烧烤，他的女朋友往楼上指了指，好像在给他提什么意见。过了一会子，女人拿了几串烧烤上楼来。我很快在楼梯口看见她。

“来，吃几串洋芋片，当宵夜。”她一定带着微笑，夜色让我看不清她的脸。她已经酒醒了，说话不像先前那样醉乎乎。

“你一定看不起我们这些人吧。实际上，我们都不是坏人。”她坐到我的身边，好像不是专门来送烧烤，而是借着送烧烤来解释点什么。

“你多心了。我没有看不起你们。”我说。

“你不要回去跟小黑的婆娘说。我清楚小黑是真的喜欢我。说实话，我也喜欢他。但我和他不可能在一起。他自己肯定也清楚，只是不想承认。我们这样的人……”她叹气道，“不好嫁人。起码是不能嫁给晓得自己‘过去’的人。今天他不在意，明天还不在意吗？明天不在意，后天呢？一辈子呢？”

“山上的女人可怜。”我莫名其妙地说。

“你说的这个我清楚。小黑的女人我见过，有点驼背的样子。她肯定吃了好多苦。”

“你赚了他不少钱了吧？你一定……”

“不！”女人激动地打断我的话，“我起码有十次不收他的钱。”她的语气降下去一点，“在这个行业来说，我已经不能算是合格的。你看她们哪个不像吸血鬼一样？只有我和她们不一样。我也想通了，并且经常劝小黑不要来这样的地方了。但我晓得，只要我一天留在这里，他就一定会来。我已经想过要走了。也许就在这几天。我见过那些山上的女人，她们打扮得再干净也遮不住她们苦荞粑一样的脸和那双起满茧疤的手——我自己就是农村人——我买她们背下山来卖的蔬菜时看到过那种苦样。”

“嗯。”我对刚才的无礼感到一阵自责，但我骄傲地隐下这份抱歉。我觉得她即使有同情心又能怎么样呢？还不是一样，可怜之人在伤害可怜之人。她即使离开这里，也照样难保不伤害下一个人。除非她走出这个行业。

“实际上，山上的男人也可怜。你只是不晓得。他们有心事也跟他的婆娘说不清楚。比如小黑，他是个有点浪漫的人，可是在山上，他这点浪漫不是要招来疯子的骂名吗？再说了，他的浪漫也没地方表现。他婆娘懂这些浪漫吗？我想，她们根本不会关心这些男人整天在想些啥。她们只会给他生一堆娃儿。以为这样就可以对得起这些男人了吗？”

我肯定被她说服了，居然不自主地在点头。

“你上了几年学？”我想她上学一定比我多。这口才不是一般人能有的。

“高一没上完，交不起学费就退学了。”她突然咯咯笑起来，“我这个妓女跟你说了很多不该说的话。不过无所谓了。王琴不是我的真名。我们不会老老实实说自己的真名。虽然现在和你说了这么多话，看起来已经像是朋友一样，我也还是不能跟你说真名。我在想，你有一天会不会想起我呢？在你回老家的半途上，遇见一个跟你讲心事的妓女。这也算是缘分了吧？要是小黑不和你一个镇，你今天也遇不见我。”

“你这样说起来，我好像应该和你干一杯才行。”我也笑。

女人说着就去楼下抓了两瓶啤酒上来。我们在楼顶喝开了。这时候，月亮突然出来了，好像专门为了我们喝酒而出来。

“来吧，为了我的露水爱情干杯。”王琴举起她的酒瓶。

如果她不化那么浓的妆，不坐在那间小屋子里，不抽烟不喝酒，她看起来是很文静的。

“我觉得，你可以换个工作。高一没上完，可以找到一份不错的工作。只要你的要求不高就可以找到。我初一只上了半学期，还不是照样学会理发，做针织，还能进厂。我现在就在一家台资厂。”说到在一家台资厂上班，我得意了一下，好像那厂子是我家开的一样。

“可是我的要求就是高呀。我不想学理发，也不会针织，也不想进厂。一个月那点钱，可以做啥呢？你去了很远吧？几年回一趟老家？”

“很远。两年，也许三年回一趟。”我说。

“回一趟家花掉半年的工资。呵，还不是白辛苦。我每年都可以回去。只要我想回去。”

“至少那钱……”

“那钱干净，是吧？”她把酒瓶放在地上，用讲故事一样的口气说，“你拿一块钱买一把青菜，我也拿一块钱买一把青菜。你想，那卖菜的会管你那钱是干净，我这钱是不干净吗？”

王琴的话使我无法回答。歪理也是理。在找不到足够的理由来反驳的时候，歪理更像真理一样严酷地照在那里。

我望着灰蒙蒙的月亮发呆。

“不管咋样，我会离开这里。虽然我是个堕落的人，但还有点良心。这样下去会害了小黑。”她把最后一点酒喝光了。“好啦，早点休息。你本来今天就可以到家，要是车子不烂在这里。”

她提着两只空酒瓶下去了。

我不知道几点了，楼下早就熄了彩灯，檐角孤零零亮着起夜用的小灯。小灯的光弱得连它自己本身都照不清楚。那间侧门里的歌声没有了，女人们的笑声也没有了。仿佛先前看到的一切都不是真实的。耳朵里只有风声和水声了。

那一晚我没有睡着，整夜亮着灯，老板娘睡到后半夜跑来敲门，说我在故意浪费她的电。

次日，车子修好了。我们一行人就像发了芽的土豆，甩摆着泥灰浩浩荡荡跳到车上去。有人在提醒司机车子开慢点，不要再开出毛病来。这样的山窝窝，他们一辈子也不想再住进去了。我也不想。不过，山窝窝里烤小猪儿肉的味道确实不错。

熟人没有和我一起上车。他和他的爱情站在门口送我。

底牌

事情是这样发生的，那个被扯住了头发的女人摔进稻田里了，她挣扎了一会儿根本爬不起来，还将自己的双脚陷进淤泥。她感觉那不是稻田，而是早就为她准备的大坑。后来她完全放弃了挣扎，平静地站在泥坑中整理自己被揪乱的头发。向来只有女人和女人打架才免不了揪头发，这次她没有算准。跟她打架的是一个半大的男孩子。他的力气天生就比女人大。

“你算什么英雄好汉，只有女人打架才揪头发！哎呀，我真是倒霉！”她当时张开嘴巴大喊。男孩无动于衷。她准备先下手为强的时候也是这种态度。

那个打架的男孩就是我现在非常要好的朋友。

那件事离现在已经二十年有余。

“她跟我的母亲吵架！她还准备打她！”

“事情已经过去了。”我说。

“不，没有过去。”他的眼睛通红，像上几次那样，说完总是要哭的模样。

可这里四周住着很多人，脾气怪异，如果没什么必要，他们不能接受周围随便发出哭声，尤其老太太们叫嚷着神经衰弱，“号什么呢？又不是什么大事！”她们会痛苦地揉着太阳穴说。只要哪里发出一点哭声，我敢保证那里的窗户门口就会堵满她们的脑袋。

好在他也没打算哭。反正打完架他已经哭过了。

他的手指攥得紧紧的。仿佛那个女人的头发还在手里。

吃点儿水果吧。我说。

我把橘子递过去，像往常那样，橘子又回到我的手中。只要他的手一攥紧，什么东西都无法使它松开。如果它自己不放开的话。

有些时候我也觉得那个女人确实没有摔进稻田，即使她真的吃了一阵短暂的败仗，也很快从那儿爬起来了。之后她出手肯定非常狠。在那张天生白皙的脸上——他是这样形容的：她很白，白得像鬼——有阴冷的神色。她是狠毒的，这毫无疑问。他由此变得神经紧张，二十年了，没有一时半刻不在提防着那个女人的出现。

“我要解救我的母亲！我要替她出气！”

可是他的母亲一场大病之后瘫痪了。自从那个女人每日几次上门咒骂，她就爬不起来了。

“我的……好儿媳妇……呢……”母亲的话抖落在嘴边，我从他的描述中知道，她的嘴唇发抖，满眼懊悔。

现在我们来想象她的心境：

她对儿媳的举动不敢声张，她要万分小心地说这句话，担心周围的邻居笑话。她就是这样一个天性软弱的人。生了一大堆孩子，第一个到第八个。她知道老二媳妇和小儿子打架了。因为这个媳妇每日跑来咒骂，埋怨她把他们的衣服洗坏，埋怨孩子没有看好。眼下她的小儿子在替她报仇呢！真是丢人的事情。很快就会有人四处传说，某某教出一个没有教养的儿子。她把被子扯起来蒙在脑袋上，就像把自己蒙在鼓里。

可是我的这位朋友，他很快就出名了。敢打嫂子的人。长嫂如母呢。

他出名的事情传得飞快，当他从自己的田里走过的时候，发现只有田里的耗子愿意多看他两眼，旁边的人都在故意躲他。

母亲意识越来越弱，她已经想不起身在何处，每日喝下的草药把她熏得像一只陶罐。草药也快供不起了。更糟的是，那个乡村医生总是收不到他们的钱而不愿意过来替她打针。这位医生的同情心已经消耗得差不多了。我的朋友咬紧牙关，他是不能放弃的，他一遍一遍去请，直到对方无可奈何，教给他怎样打针。他先给自己的胳膊扎针，这样才识得轻重。他的胳膊肿起来了。人们笑着对他说，嗨，小五（家中兄弟的排行），你吃胖了啊？胳膊变粗了啊。他很高兴人们这样说。

关于要解救母亲这件事，他在更小的时候就已经开始了。那时候母亲还没有瘫痪。她领着他去找那个老瞎子算命。她想知道自己到底是个什么命。她生了八个孩子。老大很有钱，却是个无情的人，半点也靠不上。之后的几个孩子，看来看去，她最宠爱老三，可他也靠不上。眼下只有老八，要搞清楚这个孩子的底细呀。不对，实际上是要看清楚最后一张底牌。看清她命运的底牌。难道她是这样倒霉的人吗！她要提防往后可能会遭遇的日子。所以那个老瞎子是必须要见的。

老瞎子摸了一下她的手掌心，推开说，你不用看了。

这句话真伤心。她追在老瞎子身后问，为什么不看？你以为我不给钱吗？

老瞎子被逼无奈——因为这个时候，她的小儿子拦住了老瞎子的去路——只好实话实说，你不值一个卦钱。

这句话把她的一生都戳穿了。就是说，她的第八个儿子，最后一张底牌，也靠不上（事后证明确实靠不上，小儿子长成一个有能力的人时，她已经死了）。她站在原地跳着双脚，无话可说，走过来又走过去，但没有哭，最后硬气地拖着小儿子回家。

我的这位朋友，他半路偷跑回来，追上那个老瞎子，将他的拐杖抢过来丢在了旁边的麦地。

“真缺德！”旁观的人说他小小年纪不学好，欺负一个瞎子，长大绝对不是什么好东西。事情很快就传开了。

他没有错。他坚信。

可母亲还是病死了。

他原本是要解救她。作为最后一张底牌，他希望被算命先生翻起来，对她说，有用。

现在，我们只能干坐着，第多少次回想他的往事。

他说：“事情就是这样发生的。”

他说：“我不服气。”

他说：“我恨那个地方。”

关于黄埔军校

现在回想起来，我们山区流行的东西一般是这样的：从大地方来，经过漫长旅途传到山里的时候，大地方的人已经开始时兴别的东西了。也就是说，我们总是玩人家玩剩下的。那时候还没有网络，信息阻塞，加上带“时髦玩意儿”回来的人说话也要加上自己的想象力，事情就猜不透了。就拿关于黄埔军校的事来说，这个学校其实已经不在了。来我们那儿吹牛的人非说他们村有人考上了黄埔军校。现在想来只能说，那人如果想进这个学校，必须学会穿越的本事。

但我们不知道呀，我们还是孩子，我们这些孩子就是在这样的流言中长大的。对于传说，没有辨识能力，学识深的也不会留在山中，天天为我们斧正。因此我们就在浑水中呛着长大，后来简直为了掌握大量丰富知识而欢天喜地。踏入社会时，仍然自信满满。

我就是那中毒的鱼。自信的鱼。

按照那人说的，并且全村人一致肯定，黄埔军校就在上海。“黄埔军校不在黄浦江畔，在哪儿？能在哪儿？！”这个印象钉子一样扎在我们脑海。我甚至很骄傲我们那儿居然有人考到上海去。那可是大都市，比我们好几座山都大吧。

刚踏入社会那会儿，父母说，陌生人的话谨慎听，陌生人的东西绝不能吃，小心驶得万年船。加上自己平时也看书，知道江湖凶险，便一直小心翼翼。可我总想显显身手。

比如说，跟人吹牛时，摆出自己很有学识的样子。我们那儿的人最看重有见识的人。他们说，有见识的人走遍天下，没见识的人寸步难行。

那天，我遇到一个男生。他文质彬彬的，是我刚结识不久关系很好的女同事的表哥。我一定是对他怀着好感，觉得要和他多说几句话他才会搭腔，何况他话也挺多，言语温和，声音特别好听，沉甸甸的书生气，却不知怎么鬼扯的，就扯到黄埔军校上去了。结果我说完那句：“我们村有个人前几年就考上了黄埔军校，去大上海啦！”他的眼睛就直了。问我，那人多大？我说和我一样大，也许稍大几岁。他又问我，你上过学没？我说上了一点儿，初一混半学期，辍学了。他好像理解了我为何会说那些话，那种表现特别复杂，像同情又不完全是。我看见他深深地缓了两秒钟，吐出一口气，跟我说：“黄埔军校早就没有了。而且，它也不在上海呀。”

我当时没有想别的，很生气地问，它不在上海在哪儿？

那人说，广州。

这一场聚会不欢而散。他像逃跑似的。我也很烦躁。怎么黄埔军校不在上海，跑广州去了？我也努力回想课本上到底有没有提起这方面的知识，结果是茫然的，我什么也想不起来。除了记得村里那吹牛人说的话，其他没有印象。

后来这就成了我的结。那之后吹牛，再没提过黄埔军校。

现在我明白了，那人一定也是听了某个老者吹牛（那老者也未必是第一个讲故事的人），然后加以想象，转换一下，拿来和什么也不知道的人吹。而我们这样的小孩子，就眼巴巴地将这个故事记下来了。

就是这样，我们那儿流行的东西，外面已经不再流行。刚知道世上有个黄埔军校，却被告知信息错误，地点方位都是错误的。